〔奥地利〕斯蒂芬·茨威格｜Stefan Zweig｜——

著

通向往昔之旅

高中甫——

译

Die Reise
In Die Vergangenheit

台海出版社

图书在版编目（CIP）数据

通向往昔之旅 /（奥）斯蒂芬·茨威格著；高中甫
译 . -- 北京：台海出版社，2018.2
　ISBN 978-7-5168-1736-0

　Ⅰ.①通… Ⅱ.①斯… ②高… Ⅲ.①中篇小说—小
说集—奥地利—现代②短篇小说—小说集—奥地利—现代
Ⅳ.① I521.45

　中国版本图书馆 CIP 数据核字（2017）第 327075 号

通向往昔之旅

著　　者 |（奥）斯蒂芬·茨威格　　　译　　者 | 高中甫

责任编辑 | 姚红梅　　　　　　　　策划编辑 | 张　盼
装帧设计 | 吉冈雄太郎　　　　　　责任印制 | 蔡　旭

出版发行 | 台海出版社
地　　址 | 北京市东城区景山东街20号　邮政编码：100009
电　　话 | 010 — 64041652（发行，邮购）
传　　真 | 010 — 84045799（总编室）
网　　址 | www.taimeng.org.cn/thcbs/default.htm
E — mail | thcbs@126.com

印　　刷 | 天津旭丰源印刷有限公司
开　　本 | 880 mm × 1230 mm　1/32
字　　数 | 185 千字
印　　张 | 7
版　　次 | 2018 年 5 月第 1 版
印　　次 | 2018 年 5 月第 1 次印刷
书　　号 | ISBN 978-7-5168-1736-0
定　　价 | 39.80元

译者序

——灵魂的猎者

斯蒂芬·茨威格 1881 年生于维也纳，出身于一个犹太家庭，父亲是一个纺织厂主，母亲是一个银行家的女儿。从童年起，他就过着优越的生活，受着良好的教育，对文学艺术有着浓厚的兴趣。

维也纳当时是奥匈帝国的首都，这个帝国建于 1867 年，到 19 世纪末国运式微，政治衰败。可这同时也是奥地利历史上一个文学艺术生机勃发的时期，如茨威格所说的，它是"西方一切文化的综合"。恩斯特·马赫（1838—1916）的哲学，弗洛伊德（1856—1939）的精神分析学，马勒（1860—1911）、理查·施特劳斯（1864—1949）、勋伯格（1874—1951）的音乐都赢得了世界性声誉，建筑和绘画艺术上分离派和印象派的成就也已饮誉欧洲。文学上则是"青年维也纳"的崛起。这个文学流派很快就成为奥地利和维也纳文学生活的中心，它标志着一个新的文学时代的到来，迅即赢得了青年一代的敬仰和追随。茨威格就是在这样一种文学艺术氛围中走上了文学的道路。

1898 年，还是一个 17 岁中学生的茨威格在杂志上发表了第一首诗歌；1901 年在维也纳大学学习时出版了他的第一部诗集《银弦集》；他的第一个短篇小说发表于 1902 年；第一部短篇小说集《艾利卡·埃瓦尔德之恋》出版于 1904 年；《泰尔希特斯》是他的第一部剧作，创作于 1907 年；作为传记作家，他写了第一部人物传记《艾米尔·凡尔哈伦》，时为 1910 年。这表明，近而立之年的茨威格在文坛上的各个领域都进行了尝试，并赢得了一些名声。

文学创作的成功起步使茨威格选择了职业作家的生涯，但他清醒地认识到，如他在自传《昨日的世界》中自省地写道："虽然我很早就（似乎有点不大合适）发表作品了，但我心中有数，直到 26 岁，我还没有创作出真正的作品。"标志着他形成自己创作风格并赢得评论界赞赏的是他 1911 年发表的小说集《初次经历》，它有一个副标题：儿童国度里的四篇故事，内收有《朦胧夜的故事》《家庭女教师》《灼人的秘密》和《夏天的故事》，作家和评论家弗里顿塔尔称，这个集子的小说才使茨威格成为一个小说家（Novelist）。其中《灼人的秘密》尤为受到读者的喜爱，它随后出了单行本，一次印了20万册。《初次经历》确立了他在德语文坛上的地位，形成了他小说创作上独具特色的表现风格，表现了他在艺术上的追求，探索和描绘被情欲所驱使的人的精神世界，成为他此后创作的一个基调。

1914年第一次世界大战把茨威格抛到与过去截然不同的生活中去。生性热爱和平的茨威格在一段短暂的时间内没有摆脱民族主义的影响，他写了几篇颂扬所谓"爱国主义"的文章，并自愿入伍，在战争档案处和战争新闻本部工作。但民族之间的血腥杀戮和战争的残酷使他很快觉醒过来，1916年初，如他在《昨日的世界》中所表明的，他成了一个反战主义者。1916年，他取材《圣经·旧约》中的《耶利米书》，创作了反战戏剧《耶利米》。这位犹太民族的先知预言巨大灾难的降临，但在这狂热的年代无人相信他，他被看作傻瓜、叛徒。"用我的肉体去反对战争，用我的生命去维护和平",在这位先知身上,我们看到了茨威格本人的身影。此外,他还写了一些和平主义的文章,并在此后的年代写出了反对战争、控诉战争的小说,如《桎梏》《日内瓦湖畔的插曲》《看不见的收藏》等。

第一次世界大战以德奥失败而宣告结束。茨威格在这场战争中失去了很多,可他获得的更多。1926 年他在一篇文章中做了这样一份总结:"失去了什么,留下了什么?失去的是:从前的悠闲自在,活泼愉快,创作的轻松惬意……以及一些身外的东西,如金钱和物质上的无忧无虑。留下来的:一些珍贵的友谊,对世界的更好的认识,那种对知识的炽热的爱,还有一种新的、坚强的勇气和充分的责任感,在逝去多年时光之后,突然成长起来。是的,人们能以此重新开始了。"

茨威格对世界有了进一步的认识,对生活有了更深层次的理解,热衷于对人类心灵的探索,增强了作为一位作家的责任感。他勤奋耕耘,孜孜不倦地写作。自战后到 1933 年这段时间成为他创作上的鼎盛时期。他先后完成了由三本书组成的《世界建筑师》:《三大师》(巴尔扎克、狄更斯、陀思妥耶夫斯基),《与魔的搏斗》(荷尔德林、克莱斯特、尼采），《三位作家的生平》（卡萨诺瓦、司汤达、托尔斯泰）。在这些传记或者说是作家散论中，茨威格以多彩生动的文笔，不仅为我们描绘了这些作家的生平，更重要的是展示出了这些大师栩栩如生的独特性格和复杂而幽暗的精神世界。

除了这些作家的传记之外，他在这段时间还写了一些历史人物传记:《约瑟夫·福煦》（1929）、《玛丽·安东尼特》（1932）以及稍后的《鹿特丹人伊拉斯谟的胜利与悲哀》（1935）等。在这些著作里，茨威格一方面遵循自己所确定的原则:"精练、浓缩和准确"，另一方面，更重要的是，他关注和追求的不是历史事件的发展和规律性的东西，激起他兴趣的是这些历史人物的艺术画像、精神世界;他观察的不只是人物的外观，而是他们的内心。他对历史人物的独特理解，以及独特的心理分析的表现方法，为他在世界传记文学中赢得了一个独特的地位。

罗曼·罗兰称茨威格是一个"灵魂的猎者"，如果说在这些历史人物传记中，受历史人物本身和历史事件的左右，茨威格还不能充分发挥他灵魂猎者的本领的话，那么他在这一时期完成的小说，特别是他的第二本小说集《热带癫狂症患者》（1922）和第三本小说集《情感的迷惘》（1927）就淋漓尽致地施展了他的才能。这两本小说集连同他1911年发表的小说集《初次经历》，被茨威格本人称为"链条小说"。在《初次经历》中写的是人的儿童期，他通过儿童的视角观察了为情欲所主宰的成人世界，这个世界充满了"灼人的秘密"。收有《热带癫狂症患者》《奇妙之夜》《一个陌生女人的来信》《芳心迷离》的第二本小说集，展示的是由情欲所控制的成年男女的心态，他们在潜意识的驱使下犯下了所谓的"激情之罪"。小说集《情感的迷惘》内收入除冠题那一篇之外，还有《一个女人一生中的二十四小时》《一颗心的沦亡》。它们的主人公都是历经沧桑的过来人，作者极为细腻地描绘了这些人物在情欲的驱逼下或遭到意外打击时心灵的震颤和意识的流动。用茨威格本人的话来说，这些小说是带有精神分析印记的，是探索个人的，是与"激情的黑暗世界中的幽明相联结的经历"。

人的心灵是一个幽暗的神秘世界，心理学家一直为揭示这个世界的秘密而不断地探索和研究。弗洛伊德在世纪交替期所创建的精神分析学在这一领域里作出了划时代的贡献，并且很快形成一种强大的思潮，影响遍及许多学术领域，以文学而论，弗洛伊德主义已成为现代派文学的源头之一。这位伟大的、无所畏惧的心理学家为许多作家打开了进入这一隐秘世界的道路。茨威格就是最早承认和敬重弗洛伊德及其精神分析学说的德语作家之一。他曾写道："在我们总是试图进入人的心灵迷宫时，我们的路上就亮有他的智慧之灯。"

茨威格这段时期的小说创作，特别是在后两部的链条小说集中，形象地表现了情欲的力量和无意识的驱动力，可以明显地看到弗洛伊德的影响。《热带癫狂症患者》中的男主人公仅是由于瞬间的冲动而不惜以生命殉情；《一个陌生女人的来信》中的少女对一个登徒子一见倾心，竟像妓女般地委身，最后付出了生命的代价；《一个女人一生中的二十四小时》中一个出身名门、年逾不惑的孀居女人，竟然被一个年轻赌徒的一双手迷得神魂颠倒，最后以身相许，甚至想与他远走天涯；《情感的迷惘》中一个享有声望的莎士比亚学者，是一个同性恋者，被情欲所逼竟偷偷出没在下流龌龊的场所，最后导致身败名裂。茨威格在这些作品中，细腻地表现了激情——情欲的力量，展示出无意识状态下人的心态和意识的流动。

正是由于这些小说中明显可见的弗洛伊德的影响，当时有的批评家讥讽茨威格的作品是对弗洛伊德学说的庸俗化。这种观点有失偏颇，茨威格是弗洛伊德的敬仰者，后者的精神分析学有助于茨威格用一种新的目光、新的思想去探索和窥视人的内心世界，去塑造人物的形象，但他不是一个盲目的追随者，用小说图解弗洛伊德的学说。他曾当面激烈地反驳了弗洛伊德对他的小说所做的精神分析学的曲解。茨威格小说本身所具有的艺术魅力和生动的人物形象也驳斥了对他的这种批评。但是不能不承认，弗洛伊德学说的影响给他的文学创作带来一些弱点：一方面是过多的、不厌其烦的内心描写使作品拖沓、臃肿，另一方面对情欲和无意识的热衷削弱了作品的时代感；而当他把视野转向现实生活时，他创作的一些作品，如《看不见的收藏》《栀梏》《日内瓦湖畔的插曲》《旧书商门德尔》，特别是他的最后一部小说《国际象棋的故事》等就有了尖锐的社会批判力量和强烈的现实意义。

1933年希特勒攫取了政权，茨威格被抛入另一种生活。随着1938年奥地利被法西斯德国吞并，他成了一个无家无国的流亡者。作为一个犹太人，他的种族正遭到灭绝的杀戮；作为一个奥地利人，他已成为亡国之人。在流亡期间，他没有参加反法西斯抵抗运动，但他竭尽自己所能、无私慷慨地帮助那些身受迫害的流亡者。他在从纽约发出的一封信里，这样表露了他的心迹："我的一半时间都用来为大洋彼岸办理宣誓书、许可证和筹措旅费，我怕你想象不出这有多么困难、多么费力。我们这些逃脱了彼岸秘密警察的人把这当作首要任务，其他一切相比而言是微不足道的。"

尽管流亡生活颠沛流离，精神上的苦痛折磨着他，茨威格依然勤奋地完成了他的一些重要作品，其中传记有《玛利亚·斯图亚特》《卡斯台里奥反对加尔文》《麦哲伦》，他唯一完成的长篇小说《心灵的焦灼》，他的最后一篇小说《国际象棋的故事》，以及他的最后一部著作、他的自传——《昨日的世界》。

茨威格本人并没有看到他的《国际象棋的故事》和《昨日的世界》的出版。他是一个格外焦躁不安的人，他相信曙光必然到来，却不堪忍受黎明前的黑暗。这个"欢乐的悲观主义者，渴望死亡的乐观主义者"，在第二次世界大战最沉重的日子里，于 1942 年 2 月 22 日与妻子一道弃世而去，留下了那封悲怆感人的绝命书，用自己的生命与战争进行了最后的抗争。

茨威格一生共写了 12 部传记、9 部散文集、7 部戏剧、2 部长篇小说①、3 部诗集、6 部中短篇小说集，以及一部自传等。它们确保了他在德语文学乃至世界文学中的地位。他成为一位深受人们喜爱的作家，他的作品被译成 40 多种文字，在世界各地拥有广泛的读者群。他把整个世界当作他的故国，他的书也在地球上所有的语言中获得了友谊和接受。

---

① 此两部长篇分别为《心灵的焦灼》和《变形的陶醉》，其中《变形的陶醉》有两个中译本，分别题为《富贵梦》和《青云无路》；此外，还发现一部中篇的片段，经整理，于 20 世纪 80 年代出版，题为《克拉丽莎》。

译者附言

在这个选集里我选了茨威格中短篇小说八篇，这些都是他著名的、艺术性和阅读性极强的作品。我把整个集子用其中的一个中篇小说《通向往昔之旅》来作为书名。这当然说明我对这篇小说的看重，也应当向读者对此说些什么。这篇《通向往昔之旅》应当说是一篇佚文，一部遭遇奇特的小说。它虽然在1929年以片段的形式收在一个文集里发表过，但直到茨威格逝世多年之后，被时为编辑、后成为茨威格专家的克努特·伯克在伦敦一家出版社的档案里发现一份打字稿全文，上署有茨威格的亲笔签名。标题为《通向往昔之旅》，但被划掉了。1987年，事隔58年之后德国菲舍尔出版社以单行本形式出版的茨威格全集，第一次出版了这部篇幅并不算长的中篇小说。标题用了茨威格一度用过的《现实的抗拒》。这个标题，起不到夺人眼球、引人遐思的效果。这部作品就像一粒蒙上稍许灰尘的珍珠，在作者的诸多脍炙人口的杰作中等待时日。2008年这部中篇小说在法国出版了，采用了茨威格考虑过的标题《通向往昔之旅》，它取得了很大的成功，成为畅销读物，法文本译者在序言中介绍了这个感伤凄美的爱情故事，并对作者的艺术才能大加赞扬，他写道："在《通向往昔之旅》中，我们可以找到这位奥地利作者钟爱的诸多元素：爱情（这当然）、激情、忠诚、世界大战的创伤。同样，我们还可以重温茨威格独特的技巧，他天才的心理描写，运用一个动作、一个眼神表达内心的折磨、想法和无意识的深渊的艺术。"（李月敏译）也许是外来的和尚好念经吧，随后在2010年德国菲舍尔出版社出版了以《通向往昔之旅》为书名的茨威格小说集，到2017年已经第三次再版。在这个版本的书背上刊登着这样一段文字，它简练和精彩地概括了这部作品的内容和深度："一种激烈的、被禁止的爱情。一种在大洋彼岸的职业上的机遇。随之是一次再度相逢。茨威格的《通向往昔之旅》使主人公路德维希面对的是往昔岁月带来的一系列变化。从茨威格遗稿中发现的这篇关于爱情的小说在法国理所当然地成为一部畅销书。茨威格对人的心理以出色的敏锐性在这个故事里展现了前进着的生活的残酷性和现实对我们心灵所能造成的伤害。"

《通向往昔之旅》是茨威格小说创作中的一篇杰作，它写了一个婚外情、姐弟恋的故事；在不应爱的时候，他们相爱；在有可能相爱的时候却又不敢相爱。这是变化着的生活为他们设置的障碍，是变得残酷的现实（希特勒上台前夕）对他们的伤害。小说没有剧烈的戏剧性的冲突，但却有细致入微的心理上的条分缕析的描述和精神上细腻的描绘。故事有一个你意想不到的，然而确实是入情入理的结局。

作为一个附言写得稍长了些，只是向读者简单介绍这篇小说的情况。但愿能激起读者对它的兴趣。

高中甫

2017 年 10 月

目　录

通向往昔之旅

"你在这儿！"他伸开双臂，几乎是张开双臂迎向她走去。"你在这儿！"他又一次重复说，声音越来越高，越来越响亮，从惊喜直升至幸福，在这同时，他的温柔的目光围绕着她那可爱的身躯。"我已经害怕你不会来了！"

　　"真的？你就那么不信任我？"但这轻柔责备的同时，唇边泛起微笑，眼睛清澈明亮，放射出澄蓝的信赖的光华。

　　"不，不是这样，我没有怀疑过，在这个世界上还有比你的话更为可信的吗？但是，你想想看，这是多么愚蠢啊！下午，突然间，完全意想不到，我不知道为什么，一个毫无意义的恐惧引发的痉挛一下子就攫住了我，怕你遭遇到什么意外。我要给你发电报，我想赶到你那儿去，刚才，表在走，可我还一直看不到你，我害怕，我们彼此会再次错过。但上帝保佑，现在你在这儿……"

　　"是呀——现在我在这儿。"她嫣然一笑，湛蓝的眼睛深处又重新烁烁闪光。"现在我在这儿，我准备好了。我们走吗？"

"好的，我们走！"他的嘴唇无意识地重复了一句。但身体却纹丝不动，温柔的目光总是一再一再地，环顾她的周身，不相信她的存在。在他们上方，在左右两侧，法兰克福火车站的路轨，颤动的钢铁和玻璃发出刺耳的声音，汽笛声尖厉地冲入人声嘈杂、烟雾弥漫的大厅；在二十个公告牌上命令般地写有发车的时间、小时和分钟，这期间在熙来攘往的人群中他只是感觉到她是唯一的存在，他失去了时空感，陷入了一种被激情左右的令人诧异的昏迷状态。到最终她不得不提醒他："路德维希，是时候了。我们还没有买车票呢。"这时他那恍惚迷乱的目光才恢复正常，他温顺而敬畏地挽起了她的胳膊。

开往海德堡的晚间快车异乎寻常地十分拥挤。他们希望在一等车厢能让两人单独一起，但事与愿违，来回巡视，毫无结果，最后只能在一个单间将就下来，里面只有一个老先生半睡地倚坐在角落里。他们感到庆幸，可以亲密地交谈，可就在列车开动的汽笛响起之前，三位携带厚重文件包的先生喘着粗气，笨重地踏了进来，他们显然都是律师，并为了刚刚结束的案件而表现得十分激动，他们激烈地争论，使其他人之间的谈话完全成为不可能了。这样一来两个人只能放弃，默默无言，面面相觑。只有当他俩中有一个人抬起目光时，才会看到，在摇曳不定的灯影里，飘浮起一片乌云般的幽暗中，另一个人脉脉含情的目光正亲切地望来。

列车轻轻地颤抖，随之就动了起来。车轮的轰鸣声，把律师们的高谈阔论碾压成细声末语。撞击和抖动逐渐变成有节奏的晃动，随着这钢铁的摇篮把人们都带入了梦境。下面看不见的车轮嘎嘎作响，向前奔驶，它给每一个人带来不同的心事。这两个人的思绪梦幻般地沉湎入往昔。

他们在九年多之前才第一次相遇，从那以后暌离两地，相距遥远，他们费尽千辛万苦，现在终于又一次坐在一起，虽则默默无语，但距离却如此之近。我的上帝，多么漫长，又是多么遥远的九个年头，到今天，到今夜，四千个白日，四千个黑夜！多少时间，失去了多少时间，可在一秒钟，唯一一个思想便跃入那最初的时刻。究竟是怎样发生的？他准确地记起：他那时二十三岁，第一次进入她的住宅，在稚嫩柔软的胡须下面，嘴唇像一个凹槽。从一个因贫穷备受屈辱的童年，靠免费大学生午餐而长大，靠当家庭教师和辅导教师艰难维持生计，穷困潦倒，匮乏窘迫；白天为购书而数着铜板，夜间读书读到身心俱疲，读到高度紧张的神经痉挛频频；他毕业了，化学研究获得第一位，受到他的教授特别推荐，前去著名的枢密顾问 G，法兰克福（美因河畔）一家大型工厂的主管那里就职。先是让他在实验室做一份低级的工作，但不久，这个年轻人做出了坚实的成绩，他在工作中以全副精力，不折不挠、锲而不舍的精神，使枢密顾问开始对他产生了特别的兴趣，考验性地一再交给他些负责的工作，他贪婪地把握住这个机遇，认识到这是使他脱离穷酸的陋室蜗居的良机；交付给他的工作越多，他的意志力就越发挥得有力；这样在极短时间里他就从一个普通的助理成为严格保密的各项试验的助理。到后来枢密顾问喜欢亲切地称他为"年轻的朋友"。他并不知道，在枢密顾问办公室里一扇裱糊得与墙壁一样的门后，有一道考查的目光在审视他有否更高才能；与此同时这个雄心勃勃的人，认为他能驾驭这庞杂纷乱的一切。这个几乎总是隐而不见的上司业已为他规划了更为远大的未来。日益变老的枢密顾问身患坐骨神经痛，经常待在家里，而多半更是卧病不起，老人多年来就在寻找一个绝对信赖和精力旺盛的私人秘书，能够与他谈及最秘密的专利和在极端保密情况下进行的试验。现在他终于找到了。一天，枢密顾问走到这面露诧异的年轻人面前，提出了一项令他意想不到的建议，为了便于更多地接触，他是否愿意放弃他郊区的那处家具齐全的房子，搬进宽敞的别墅，做他的私人秘书。这个年轻人为这出乎意料的建议而感到惊愕。但是，在一天考虑期限之后便果断地拒绝了这项让人倍感荣幸的建议，枢密顾问却感到更惊愕了。这种斩截的拒绝相当拙笨地暗含有站不住脚的种种遁词。作为学者是值得尊敬的，但是枢密顾问在这类心灵问题上却没有足够的经验，去猜测这种拒绝的真正原因；或许这种倔强的人本人也不会承认他近期的情感。其实这不是什么其他，只是一种痉挛性的隐藏起来的傲慢，是一个在极端贫苦中度过童年所遭受的伤痕累累的耻辱。作为一个家庭教师，他在暴发户式的令人厌恶的有钱人家成长起来，成了介于仆人和家庭成员之间的一种无名的"两栖"生物。可有也可无，像是一个装饰物，像是摆在桌面上的木兰花，有时摆上，有时撤下，全凭需要而定，他的灵魂里充满了对上层人物和他们的氛围，对那些笨拙沉重的家具，对富丽堂皇的房间，对丰盛豪华的宴席的仇恨。所有这奢华的一切，他仅做一个忍人都参与了。他在那里一切都经历过了：顽皮孩子的侮辱，还有比这更甚的是主妇的同情，每当她在月末时掷给他一两张钞票，当他携带他那笨重的木箱进入一间新房，把唯一的一件西装，已皱巴巴变成灰色的衬衣——这些他穷酸的明显标志——都塞进一个租来的柜子时，总会招来那些仇视比她们地位更高的女仆们的讥笑和白眼。不，决不会这样，他对自己发誓，决不进入陌生之家，决不再回到有钱人那里，在他本人没成为有钱人之前，不再让人看到他的寒酸相，不再受到那种侮辱性施舍的伤害。永远不，永远不。对外界，现在他的博士头衔——一种廉价的但却是看不透的大衣——掩盖了他低贱的地位；在办公室里，他的成就遮蔽了他那受到伤害，被贫困和施舍而破灭了的青春。不，他不再为金钱而出卖一点点自由，这是他生命中不可侵入之地。为此他于是找个遁词当作理由拒绝了这份充满荣誉的邀请，冒着前途毁灭的危险。

但不久不可预料的事态让他不再有自由的选择了。枢密顾问的病痛日益恶化，致使他长时间卧床不起，甚至与他办公室的电话也无法接通了。这样一来一个私人秘书必不可少。在他的保护人的一再催促下，最终他无法再推辞不就。他也不愿失去这个职位。上帝知道，他的这次搬迁的脚步是多么沉重，他还能清楚地记起那一天，他第一次触动位于鲍肯海默公路旁那幢高雅的有稍微老式法兰肯风格别墅的门铃。此前一个晚上他还用他少得可怜的积蓄——他在一个偏远省城的老母和两个姐妹还靠他微薄的收入糊口——买了几件新的衬衣、一套合适的黑色西装、一双新鞋，以免被人明显地看出他的窘相。这次他也雇了一个临时工拿着他那寒酸的衣箱先行，这衣箱引发起他对自己这点可怜家当的可憎的回忆：那种不快像铅一样直冲向喉咙。一个戴白手套的仆人恭敬地迎向他，还在前厅，一股浓密厚重的财富气息便扑面而来。踏在上面脚步声变得轻柔的厚厚的地毯，挂在待客间的华丽壁毯，细木雕成的房门，上面装有沉重的青铜把手；显然，不是自己亲手去接触，而是由仆人躬身打开；这一切使人感到压抑，并立即反感地激起他强烈的厌恶。当仆人把他领进一间三面有窗的令他感到陌生的房间时，一种陌生人和闯入者的情感便涌上心际：他，昨天还住在五层楼一间有穿堂风的小屋，一张木床和一个铁皮脸盆。他该住在这里？这里的每一个物件都是那样肆无忌惮的豪华，它们昂贵的价格嘲弄地望着这位不得不忍受的人。凡是他本人带来的，甚至是穿着他自己服装的本人，在这间宽大的、灯火通明的空间里，可怜地变得抽缩了。他那唯一的一套西装像一个吊死鬼在宽敞的衣柜里摇来晃去，他那一两件盥洗用具，他那件勉强能用的刮脸刀具，就像渣滓一样或者像一件被磨损坏掉的工具堆放在宽大的由大理石砌成的盥洗台上。他不由自主地把他那个坚硬笨重的木箱藏在床罩下面，他希望它能爬进那里和隐藏起来，而他本人站在这间房子里却像一个被捉住的盗窃犯，得到了许诺，被请了进来，是被邀而来的，他以此来为他那羞愧的和恼怒的卑微心情鼓气，可是徒劳。四周豪华的一切把这种理由压得粉碎，他感到自己渺小，被压迫，被打败，是被奢侈的炫耀的金钱世界所打败。他感到自己是仆人，是奴隶，是舔盘子的人，是活生生的家具，可以买到，可以租借到，他自身的存在被偷走了。这当儿仆人用骨节轻轻地触动房门，一副冷冰冰的面孔，一种躬身弯腰的姿态，他通报，尊敬的夫人有请博士先生。他迟疑地跟随在后面逃出房间，他感到多年来第一次他的姿态变得萎缩，他的双肩突前形成奴仆式的弯曲；多年了，在他的内心又出现了童年时期的迷惘和混乱。

但是，当他第一次与她相遇时，这种内心的斗争便烟消云散了：他躬身站在那儿，他的目光刚一环视交谈者的面庞和形体，她的话便不可抗拒地迎面而来。她的第一句话是感谢，说得那么坦直和自然，这使她四周那片郁闷的乌云立即消散殆尽，直接触动他那在谛听的内心。"我十分感谢您，博士先生。"说话的同时她热情地伸出手来，"您终于接受了我丈夫的邀请，我希望不要多久就可以向您证实，我为他是多么感激您。您也许不会那么满意，人们是不愿意放弃他的自由的，但或许您的心情能得到宽解，我们两个人为此向您表示由衷的感谢。就我这方面能做的，使您感到这间房子就是您的房子，一切随您所愿。"他的内心听到了什么，她怎么知道他不愿意出卖自由，她怎么就能立即用第一句话就触动他心中那道伤口、那块伤疤、那敏感的部位，立即就触动他恐惧的地方：失去他的自由，仅只是一个忍受者，一个租来的人，一个受雇讨钱的人？但她的手的第一个动作就使这一切离他而去。他不由自主地望向她，第一次真实地感觉到一种温暖的同情的目光，正在期待他的信任的目光。

从这张脸漾出某种信赖和温柔，娴静和欢愉的自信，从她纯洁的面颊上闪烁出清澈之光，它还流露出青春的光泽，几乎过早地显得严肃的雍容华贵的额头，深色的层次鲜明大波纹的头发从下端卷起，一件同样是深色的衣服裹着她丰腴的双肩，这使这副面庞发出尤为明亮的静谧之光。她看来像是一位市民的圣母，在裹得紧紧的衣服里她显出稍许的修女的气质。她的善良，她的每一举动都流露出母性之光。现在她轻柔地迈近了一步，她面带微笑，从迟疑的嘴唇里向他表示感谢，在这第一时刻立即提出的，"只有一个请求。我知道，与长时间不认识的人在一起生活总是会出现问题的。只有一点可以补救，那就是真诚。我请求您，如果您在此处有任何不随心之处，感到某种设置或某种安排不妥，请您直言相告。您是我丈夫的助手，我是他的妻子，这种双重的义务把我们联系在一起；让我们彼此坦诚相待。"

他拿起她的手：合约签了。从第一刻起他就感觉到，他与这所房子联结在一起了，空间的华丽不再怀有敌意地压迫他了，而是正相反，他立即感受到它只是一种必不可少的高贵的氛围。这儿的一切，凡是从外部挤迫拥来的敌意、纷扰和仇视都变为和谐。他才逐渐地认识到，在这儿昂贵之物就像精选出的艺术思想一样，能使一种更高的秩序臣服，就像存在的那种被压抑的节奏进入他自己的语言一样。他以一种异样的方式安静了下来；所有那些尖厉的、激烈和狂暴的情感都失去了它们的敌意和神经质，这就像是厚重的地毯、裱糊的墙壁、彩色窗帘的光亮和街巷的嘈杂声都神秘地自行消失于自身，这同时他感到，这飘浮不定的秩序不是出之于虚无，而是源于这个默默的和总是面泛微笑的女人。凡是他在最初几分钟着魔似的感受到的，使他在随后的几周和几个月惬意地意识到，这个女人以一种机智的举止得体的情感逐渐地把他引进这幢住宅的内在生活，而他却没有丝毫被胁迫之感。他谨慎地，但不是警惕地感觉到仿佛从远方而来的一种深情的关怀：无须他给她暗示，他的最小的愿望都已得到满足，以一种神秘的家神的方式，不需对她表示特别的感谢。一天晚上，他翻阅一本珍贵的旧版雕版画册，看到一幅伦勃朗的《浮士德》

赞叹不已，而在两天之后，在他写字台上方就挂上了放在画框中这幅画的复制品；当他提到一本受到他的一个朋友赞赏的书时，那他在随后几天就会偶然在图书馆的书柜里发现这本书。这个房间自然而然地满足了他种种愿望，迎合了他的种种习性：首先他经常根本就注意不到在一些个别事情上发生的变化，仅是感到习以为常了，更加富有色彩，更加温煦宜人；直到他真的注意到一条东方式样的绣花罩布，铺展在沙发上，而它却正是有一次他在橱窗里向她表示赞赏的那一种。还有灯罩换成了深红色的灯纱，光亮更为柔和。这种氛围越来越吸引他，他越来越不愿意离开这幢住宅，与主人的一个十一岁的男孩成为极好的朋友，他十分乐于与孩子和他的母亲一道去剧院或者去听音乐会；他自己都没有觉察到，除了工作，他的整个时间都处在她安静在场的温柔目光之中。

从第一次相遇他就爱上了这个女人，但这样的情感是那么激烈那么不容置疑地把他强制逼入梦幻之中，可他依然缺少会引发一种猛烈后果的决断，即自知之明的认识；他自己逃避开那隐藏在羡慕、敬畏和依附后面的是真正的爱情，一种狂热的、无束缚的、无条件的激情之爱。但是在他身上某种奴仆感却十分强烈，逼使这种认识进行克制；这样一来他觉得她遥不可及，过于高大，过于疏远；这个清澈的、由星冠环绕熠熠发光的、由财富所保护的女人，与他迄今所认识的女人全然不同。倘若他把她与他在受奴役的年轻时代所认识的几个屈服于性和血的规律热心向他示好的女人——庄园的那个女仆曾有一次向他敞开了自己的房门，她好奇地想知道，这个读书人做这种事是否与马车夫和男仆有什么不同，或者他在回家的路上在半明半暗的街灯下面遇到的那个缝纫女——相比，不，这完全不同。她是从另一个纯净无瑕的天体上闪耀出光辉，冰清玉洁，不容冒犯，甚至他在情欲最炽烈的梦中也不敢解下她的衣带。他孩子似的茫然若失，陶醉在她溢出的芳香之中，她的每个动作令他似享受音乐，他为她的信赖而庆幸，为害怕向她流露出被她激发出的过分情感而不断地感到恐慌，这是一种还无以名之的情感，但它早已在他的掩盖之下形成和燃烧。

一当爱情不再是胎儿般在母体的黑暗深处痛苦地蠕动时，而是敢于用呼吸和嘴唇来为自己命名，来表明自己的存在时，它这时才真的成为爱情。一种这样的感情就会顽强地蜕变成形，它一再地冲击，直到一个时刻突然地穿透那层混乱的轻纱，从云端之上直堕入无底深渊，用双倍的力量直击进这惶恐之心。事情发生在来这个家庭的第二年。

在一个星期天，枢密顾问把他请到自己的房间，在匆匆的致意之后他以异乎寻常的方式关上身后裱糊的房门，并拿起家用电话指示，不许任何打搅。这是表明要宣布有重大意义的通知。老人递给他一支雪茄，费力地把它点燃，仿佛是在为一次显然考虑周详的讲话赢取时间。他先是开始对他的工作表示十分周到的感谢。从任何方面看都超出了他对他的信任，甚至是对他出自内心的献身精神，都超出了他的希望；他从不后悔，就是在最私密的业务上对这个仅系泛泛之交的人信任有加。现在从大洋彼岸给他们公司传来了重要的消息，这使他毫不迟疑地告知他，新的化学程序需要大量的铁矿石，而他是行家里手。适才有一封电报告知，这种金属已证明在墨西哥储量丰富。重要的问题是要抢在美国康采恩之前快速地把这项业务抓到手里，就地组织开采和利用。这项工作要求一个可信赖的而又是年轻和精力充沛的人。对于他个人而言，身边缺少这样一个可信可靠的助手，不啻是痛苦的一击，但是他有责任在管理委员会上提出，这位干练的人是最佳人选。就其个人而言，他有把握使他能有一个光辉的未来，以此作为补赏。在两年的在职期间，不仅他丰厚的职位酬金可保证积累成一笔不菲的财富，而且在他返国后也能为他在企业里保留一个领导的岗位。枢密顾问伸出手来表示祝贺，并最后说道："真的，我有这样的预感，您再次来到这里就会坐在我的这把椅子上，到最后来领导我这个老人在三十年前开创的事业。"

一项这样的建议，突然从欢快的天际直落到他身上，他怎能不被一种虚荣心搅得心醉神迷？终于那扇大门，像被爆炸开一样敞了开来，这扇门将把他从贫困的地下室的拱顶引出来，从服役和服从的黑暗世界冲出来，从听任摆布和供人驱使的一再卑躬屈膝的态度中走出来。一个谨小慎微听任摆布的人，供人驱使的他，贪婪地注视公文和电报，上面难以辨认的符号慢慢地形成一张巨大计划的大型草图。数字突然间朝他咆哮而来，成千上万，上百万的等他掌握，等他计算，等他去赢得，他那颗昏迷和跳动的心脏突然间就像乘一颗梦的气球，从他生存的奴性的阴郁的领域，直冲上被提供给的权力的火热的云端。不仅仅是钱，不仅仅是公司、企业，赌博和责任——不，一种不可比拟的诱惑在这儿勾引他。这儿是形成，是创造，是崇高的任务，是创造的职业；山区中数千个沉睡在地球表面下的矿石在苏醒（从中开采出某些物质），进行钻探，建造城市，数量众多的住房，多条新建的马路，轰鸣的机器和旋转的吊车在光秃秃的灌木丛后面，随之就开始像热带一样繁荣起来，这是些奇妙的但都是清晰可见的建筑物，庭院、农场、农庄、工厂、仓库，这是人类的一块新地，是他在一片空白中提供的、规划的。一股海风从遥远的地方呼啸而来，霎时冲进这个装有护壁的小房间。数字堆积起来形成一个梦想般的总额。正是这种心醉神迷的热情导致一种越来越剧烈的晕眩，晕眩为每一个决定插上了顺利飞行的翅膀，一切都在有序地进行，并也与纯实际的东西协调一致。为他这次筹备旅行之用，一张巨额的支票突然间就到了手中，窸窣作响，在再次发誓之后，决定十日之内乘下个班期的南线邮轮启程。数字的旋涡依然湍急，被搅拌器搅出的各种可能性依然在蹒跚。他随后就走出办公室的房门，有一瞬间他迷茫地向四周凝视，这整个谈话是否只不过是受到过度刺激的愿望产生的一种胡思乱想而已。

鼓起羽翼振翅一飞把他从深渊直飙向实现愿望熠熠生辉的领域，这种急速的升腾使血液鼎沸，他不得不闭上一会儿眼睛。他闭上眼睛，就像人们进行深呼吸，为了使自己镇静下来，更异样、更强烈地去品味内在的自我。这样的情况持续了一分钟，但随后，他重新振作起来抬头仰望，环视熟悉的前厅，他的目光偶然地落在不远处挂在一个木柜上方的一幅画像上，久久无法移开。这是她的画像。她望着他，嘴唇微闭，娴静安详，露出微笑，意味深长，像似明白他内心的每一句话。就在这瞬间，完全被遗忘的思想突然受到闪击，接受这个职位不就也意味着离开这幢房子。我的上帝，离开她，这像一把尖刀刺穿他骄傲撑起的欢乐的风帆。在惊恐失去控制的瞬间，整个人搭成各种部件的支架都在他心里坍塌了。他感到心肌猛的一颤，那个强拽他离开她的思想是多么痛苦多么致命。我的上帝，他怎么能决定离开她，好像他还属于自己似的，好像他情感的根须茎叶不都是在这儿依附于她的本身似的。突然间爆发了，一种完全明显的震颤的肉体痛苦；一种穿透全身的，从头盖骨直到心脏根基的痛击；一种撕裂，又像划过夜空的闪电照亮了一切，在这耀眼的光亮中不可能看不到，他内心的每一条神经和每一根纤维都在为对她的爱而活跃起来，这是他爱的人。他还几乎没说出来这个令人着魔的字时，不计其数的细小联想和回忆以那种无法解释的，只有受到极度惊恐才会有的速度熠熠闪光地穿入他的意识之中，每一个联想、每一种回忆耀眼地照亮他的情感，照亮那些他迄今从不敢承认或不敢解释的细琐小事。现在他才知道，数月以来，他正毫无保留地迷恋上了她。

在复活节期间她有三天的时间去探望亲戚，这使他像一个丢了魂之人在房内踱步不停，书读不下去，六神无主，不知为何，随后到了夜间，该是她回来的时候，难道他不是一直等到夜里一点去谛听她的脚步声吗？难道他不是无数次神经质般焦急不耐提前跑下楼梯去看看车是否已经到达吗？他回忆起，当他在剧院里他的手偶然地接触到她的手时，他忆起一阵冰冷的战栗从双手直传向脊背；不计其数这类抽搐性的回忆都几乎清醒地感到没有什么值得大惊小怪，可现在确像被撞开的水闸一样咆哮地冲进他的意识，冲进他的血液，这一切汇合起来又重新径直地冲向他的心脏。他不由自主地把手压在胸部，它在那儿剧烈地跳动，没有办法令它停息下来，他不能再长时间不承认，长期以来出于谨慎小心极力遮掩的既惊恐又同时敬畏的本能了：没有她在身边，他不能再活下去了。两年，两个月，两个星期，没有这温柔之光照着他的道路，没有傍晚时刻惬意的交谈，不，不，这是无法忍受的。在十分钟之前他还充满了骄傲，是前往墨西哥的使命，是在创造性权力中的擢升，可在一秒钟的时间这一切都萎缩起来，都像一个发光的肥皂泡破灭了，现在都成了万里之遥，奔波跋涉、牢狱、流放、逃亡、毁灭，是一种没法生活下来的分离。不，这是不可能的，他的手从门把手缩了回来，要再一次进入室内，告诉枢密顾问，他放弃了，他觉得自己不配承担这项任务，他宁愿留在这幢房子里。但随之一种恐惧在警告他：不是现在！不要提前就泄露出他自己现在才开始揭开的这个秘密。他疲惫地把发烧的手从冰冷的金属门把手上移开。

他再一次望向那幅画像，她的眼睛越来越深沉地凝视他，只是他再看不到她嘴边泛出的微笑。她看起来不是严肃，而几乎更多的是从这幅画中显出的一种悲哀，仿佛她要说："你是要把我忘记。"他不能忍受这虽是画出来但却是栩栩如生的目光。他蹒跚地进入自己的房间，躺在床上，一种异样的，几乎是瘫软无力的恐惧感袭来，但它却明显地充满了神秘的甜蜜之情。他贪婪地回忆起，他在这幢住宅从第一刻起所经历的一切，也包括那些细屑的小事，所有的，还有另外那些沉重的和那些闪光的全部。这所有的一切在炽热的欲望空气之中轻盈地飘动起来。他忆起所有那些他从她那里得到的善意。他用目光抚摸她的手接触的这一切，每一件。每一件都表明了某种因她在场而带来的幸福感：她融入这些事物之中，他感到了她友善的思想。她对他的善意确凿不移，强烈地使他屈服，但是在这股激流深处，还有在他的本性中有着某种反抗的东西，如同一块石头，有些隆起，有些无法移开，可这必须清除掉，这样他的情感才能完全自由地奔腾而下。他小心翼翼地触动感情的最底层，他已经知道这意味着什么，却不敢把它抓得紧紧的。但这激流一再地把他推回到一个地界，这儿就出现了一个问题，就是他不敢说出来的，是爱情；但是在她那方面，在所有那些细微的引人注意之处，一种温柔的即使也是缺少激情的，在她静寂无声和隐而不露的在场显示出的，的确是爱慕吗？这个问题郁闷地穿过他的全身，鲜血的浊重波浪一再呼啸地涌了上来，无法使它放缓。"要是想清楚就好了！"他在想，但是这种思绪过于激烈地翻腾，与乱作一团的梦境和愿望以及那种发自内心深处的痛苦搅和在一起。他茫然地躺在床上，完全失去了神志，这种状态持续了一个小时，或者两个小时，直到房门轻轻一击使他惊醒，这是用纤细的骨节谨慎的敲动声，这是他熟悉的声音。他跳了起来，冲上门去。

她站在他面前，莞尔一笑。"博士，您为什么不下来，吃饭的铃声已经响过两遍了。"

她说这话时几乎有点沾沾自喜，好像是她抓住了他的一次疏忽而感到高兴似的。但当她一看到他的脸，潮湿的头发杂乱无章，目光无神而且羞怯，她自己就变得苍白了。

"上帝啊，您这是撞见什么啦？"她嗫嚅说道，这种突然变得惊恐的语调就像是一种欢乐在冲击他。"不"，他迅速控制住自己，"我在思考，整个事情来得过于急迫了。"

"是什么？是什么事情？您倒是说呀！"

"难道您不知道？枢密顾问没有告诉您？"

"什么都没有，什么都没有！"她焦急不安地催问，他那慌张的、热烈的、规避的目光几乎使她陷入迷乱。"发生了什么事？您倒是对我说呀！"

这时他紧绷起所有的肌肉，以便能清楚地看她而无须赧颜面对。

"枢密顾问先生对我抬爱，交付给我一项责大任重的工作，我接受了。在十天内我前往墨西哥，为期两年。"

"两年！上帝保佑！"她完全发自内心的惊恐，急迫和炽烈地脱口而出，不是说出的，是喊叫出来的。在不由自主的抗拒中她叉开双手。在随后的时间她努力想掩饰她坦露的情感，但是毫无用处；他把她由于恐惧而伸出的双手握在自己手里（这是怎么发生的呢？），还在他们意识到之前，两个颤抖的身体就已经在火焰中拥在一起了，在无尽的深吻之中，那数不尽的小时和日夜中无意识的饥渴和欲求得到了充分的满足。

不是他把她拽向自己，也不是她把他拽向自己，他们是相拥在一起，就像被一阵风暴卷到一起，合二为一地堕入一种没有根基的无意识之中，堕入一种甜蜜和同时又是燃烧着的瘫软之中。一种长期积蓄的情感得到了释放，被偶然的这块磁性所点燃，就在这唯一瞬间之内。紧咂在一起的嘴唇慢慢分离开来，他们还为这种难以想象的事情而晕眩不已，他凝视她的眼睛，在她的眼睛里温柔幽暗的后面闪出陌生的光华。这时他才认识到，如激流般袭来，这个女人，这个可爱的女人，早就爱上了他，几个星期之久，几年之久——这样的时刻，早就已渗透进她的灵魂——娴雅的静默，炽烈的母性般的爱情。然而恰恰是，这种不可置信变成了陶醉：他爱她，他被她爱，被不可接近的女人所爱，一座天堂在升起，通体明亮，没有终结，这是他生命的辉煌的正午时分，但这同时堕入到下一个瞬间，跌成锋利的碎片。因为这样一次领悟同时就是离别。

直到启程的这十天，两个人是在一种持续的心醉神迷的疯狂状态中度过的。他们心心相印的情感骤然间爆发以其压力的巨大重量冲垮了所有的堤坝、所有的障碍、所有的道德和所有的谨慎，像动物一样，猛烈和贪婪，每当他们处在一个昏暗的甬道，在一扇门的背后，在一个角落，他们就扑向对方，在偷来的分分秒秒之间相遇相拥；手要接触手，嘴唇要吻到嘴唇，骚动的血要感受到对方的血，一切都点燃起来，扑向四面八方，每一根神经都在燃烧，手、足、衣服，渴望的肉体上每一处鲜活的部位，都感受到欲求。但这同时他们在家中必须控制自己，他在她的丈夫面前，在她的儿子面前，在她的仆人面前掩饰一再流露出的柔情。而他得集中精力，忙于他负责的评估、会议和核算。他们一再地只能抓住短短的几秒钟，偷来的，潜伏着危险的几秒钟，只能用双手，只能用嘴唇，用目光，用贪婪的掠来的热吻，飞快地彼此相拥相抱，沉溺的、紧张的、热切的短暂相处，彼此都陷入心醉神迷。但是这远远不够，两个人都感到永远不够，于是他们彼此写热烈的短柬，炽热而杂乱无章的书信，像学生一样塞进对方的手中，晚间他无法入睡发现这些信在他枕头下窸窣响动，它们又出现在他们大衣的口袋里，到末了他们绝望的呼喊声把一切归结成这样不幸的问题：一片大海，一个世界，在血与血之间，在目光与目光之间，无数的月份，无数的星期，两年长的时间，这怎么可以忍受？他们别无所想，他们梦无所梦，他俩中没有人知道答案，只有双手、双眼、双唇，他们情欲的无知奴仆跳来跳去，渴求结合，渴求紧密地联为一体。这样一来，在虚掩的房门之间，在偷来的时间里甜蜜地拥抱，这些充满惊骇的瞬间，溢满了酒神般的狂欢，而同时也是恐惧。

但是他，这个欲求者，可从没有完全占有这个可爱的女人，他感觉的是在细薄如无，却碍手碍脚的衣服后面那种情欲的涌动；赤裸裸地和热切地迎合上来的胴体。在这幢敞亮的、一直处于有人戒备有人谛听的住宅里，他没有真正接触过她的胴体，只是在最后一天，她借口帮他打点行装，而实际上是与他做最后的告别，她来到业已腾空的房间，急迫地打开门；他冲了过来，一股强力使她跌跌撞撞倒在长沙发上，当他狂热地吻到在被扯开衣服下面隆起的乳房，并贪婪地沿着皙白而滚热的皮肤向下直到她的心脏气喘吁吁撞击他的地方，就在这当儿，她在这即将俯就的几分钟，几乎要献出她的肉体，她从激动中结结巴巴说出一句最后的乞求的话："不是现在！不在这儿！我求你了。"

他服从了，他屈服了，甚至他的血在他一直感到神圣的爱人面前还存有敬畏。他又一次在她面前控制住和遏止住他那业已在奔腾的情欲，她蹒跚地站了起来，在他面前掩盖住了她的面庞。他本人颤动地停在那里，与自身进行搏斗，同样转过身去，明显地表现出失望的悲哀之情，这使她感觉到，她是怎样严重地伤害了他那没有得到回报的柔情。她完全又恢复了自我，成为她自己情感的主人，走近他，轻轻地安慰他说："我不可以在这里，不可以在我的家，在他的家。但是当你返归时，什么时候都随你的意。"

列车嘎嘎作响停了下来，车闸发出了刺耳的尖厉声。像一条狗在皮鞭抽打中醒了过来，他的目光从梦幻中显现出来，但这是多么幸运的现实！他看到，她就坐在这儿，他爱的人，长时间天各一方的爱人，现在她坐在这儿，安详恬静，近在咫尺，呼吸声可闻。帽檐遮住了她稍许后倚的面庞。但她好像下意识地懂得了，他的愿望就是想一睹她的芳容；她现在站了起来，朝他莞尔一笑。"达姆斯塔特，"她朝外望了望说道，"还有一站。"他没有回答。他坐在那儿，只是望着她。他在思忖，乏力的时代，时代的乏力无法抗拒我们的情感，别后九年了，她的声调没有任何改变，我体内的神经没有一根不在听从她。什么都没有失去，什么都没有成为过去，她的出现像那时一样，是柔情般的欣喜。

他激情地凝视她那露出安详微笑的嘴，他一度吻过它，几乎无法忘记；他凝视她的双手，它们平静和安闲地在怀中闪光，他多么愿意躬下身来，用他的嘴唇去吻上一吻，或者静静地把它们握在自己的手中，就一秒钟，一秒钟！但是车厢里那几位饶舌的先生们开始在观察他了，为了保护自己的秘密他又静默地把身子向后靠去。于是他俩又一次面面相对，没有言语没有动作。只是他们的目光在彼此相吻。

外面汽笛尖厉地叫了起来，列车又滚动起来，它那颤动的单调节奏摇来晃去，钢铁的摇篮，又把他拽回到回忆中去。噢，在当年和今天之间相隔的是黑暗和漫长的岁月，在海岸和海岸之间，在心与心之间，相隔的是灰白色的大海！这究竟是怎么回事呢？某种回忆确实存在，可他不愿意去触动它，不愿意去想，不愿意去忆起他们最后分离的那个时刻，去忆起在同一座城与那个人在一起的时刻，而今天他敞开了胸怀在等待她。不，都离开吧，都已成为过去，不再想念这些，这太可怕了。飞回得远远的，思绪飘荡，飞回到远远的，另一样的风光，另一样的时刻催他入眠，迅速滚动的车轮节奏拽他进入梦境。他当时心灵破碎地前往墨西哥，最初的几个月，最初可怕的几周，在他接到她消息之前他满脑子里堆积起来的数字和设计，骑马进入乡村和野外考察，进行无休止的必须得出结果的谈判和审查，除此别无其他。从清晨到深夜，他把自己关在企业的一间机房里，敲打数字、讲话、书写，不停地工作，只是为了听到内心的声音在绝望地呼喊出一个名字，她的名字。他用劳作来麻醉自己，像用酒精或毒品一样，这只是为了去压抑那种超强的情感。但每到他十分疲倦的傍晚，他就坐了下来，一页接着一页，一小时接着一小时，把白天所做的一切都描画下来，每次邮班他都按事先约好的地址寄出一大堆用颤抖的手写下的纸张，这样远方的爱人就能如在家一样详细地来参与他每时每刻的生活；他就能越过遥远的大海、群山和地平线感受到她那关怀他每天工作的温柔目光。他感谢从她那里收到的信函，端正的字体和平静的话语。可猜想得到的激情，但却用一种得体的形式：她认真地讲述日常的生活，没有任何抱怨；他仿佛感觉到一双蓝色的坚定的眼睛在笔直地望着他，只是眼睛里缺少那种含有些宠爱的微笑，缺少使他的沉重感得到释放的微笑。这些书信变成了他记忆的饮料和饭菜。怀着激情地带着它们进行穿越草原和群山的旅行，他让人把自己的手袋缝进马鞍里，使之得到保护，不受突然袭击的风雨侵蚀，不受他在野外考察不得不越河流时遭到河水的损害。他经常读这些书信，都能逐字逐句背诵下来，由于一再地打开翻阅，折叠处都已变得透明，个别字句都被亲吻和泪水变得模糊不清。有时，每当他只身独处，无人在旁时，他就把书信拿出，用她的语气逐字逐句地念出来，这样远方的爱人就被魔法招到身边。有时，每当他忘掉了一个字一句话，一个结尾时，他深夜突然间站了起来，立刻点灯，为了重新找到和从她的笔锋去臆想她的手的形状，从手开始到肩部、背部、头部和跨过陆地和海洋而出现的整体。他就像原始森林中的一个伐木者，以古代北欧神话中勇士的愤怒和蛮力闯进横立在他面前的时间森林，它是野蛮的和不可跨越的，且又是有威胁性的。他变得急不可待，他想看到她，千百万次想到返乡的情景，启程的时刻，那是又一次的拥抱。在仓促搭起供工人大军居住的铁皮顶木屋里，他在粗糙的木床上方挂上了一份日历，他每天晚上就在上面涂掉一天，经常不耐烦地在中午就把还在工作的当天涂掉，他在一张列成黑红顺序表上，数了又数那些越来越少，可他还得忍受的数字。420、419、418，直到他返归的那一天。他不像其他人那样，从基督诞生开始，而总是只从一个固定的时刻直到他返乡的时刻。当时间段逢五逢十，到 400、350 或者 300 时，或者是她的生日，她的命名日，或者某些私密性的节庆日，如他第一次看到她，或者他第一次向她透露出他的情感，在这样的日子里他总是使那些莫名其妙、疑问重重的人感到这是一种节庆。他赠给那些脏兮兮的混血孩子金钱，给那些工人烧酒，他们兴高采烈、狂奔乱跳，像小马驹一样。他穿上他星期天的服装，让人拿上酒和精致的罐头。随后竖起一面高高的旗杆，旗帜猎猎飘动，欢乐的火焰升腾飙起；邻人和助手纷至沓来，面呈惊奇，他是在庆祝什么圣人或是有什么奇怪的缘由，他总是微笑地说道："这与你们有什么相干？与我一起欢乐吧！"一个星期这样过去了，一个月这样过去了，疲劳奔命的一年过去了，又过了半年，到规定返乡的时刻也只有屈指可数的七个星期了。他早就急不可待地计划了船期，并且令邮轮售票员惊奇的是，他在百日前就交费预订了"阿肯色"号邮轮的舱位。可那灾难性的一天来临了，这一天它不仅无情地撕掉了他的日历，残酷无情地粉碎了成百万人的命运和思想。真是灾难的一天，一大清早测量专家带着两个领班，后面跟着一群本地仆人，骑着马和驴从平原上山，去考察一个估计有菱镁矿的新钻探地点；两天了，那些混血工人在无情太阳的垂直照射下，在赤裸石头受太阳直照反射的灼热又一次跳到他们身上，他们锤击、挖掘、捣碎和检验。但他像一个疯人一样，催逼他们，他本可以到百步远刚挖出的水坑去滋润他那旱渴的舌头。他要急于返回邮局，取她来的书信，去读她写的文字。到第三天，还没有达到深度时，试验还没有完成时，激情驱使他前往他们的大使馆，狂热地渴望她的话语。他决定自己夜里独自一人返回，去取那些书信，它们昨天就应当到了。他冷静地让其他人返回帐篷，自己骑马，只由一个仆人陪伴，整个夜里，穿越危险昏黑的林边小径，直奔火车站。清晨时，他们终于进入一个小场所，马匹浑身冒着热气，而两个人穿越山崖的寒冷地区时冻得瑟瑟发抖。面前异乎寻常的景象令他们惊愕，一两个白人移民离开了他们的工作，去火车站那里围观。当地人和印第安混血儿围拢在那里形成一个旋涡，他们叫喊，他们发问，他们发呆。他俩费了好大力气挤过激动的人群，在那里他们从官方得到难以想象的消息。从大洋彼岸发来了电报，欧洲在进行战争，德国和法国作战，奥地利同俄国作战。他不愿意相信，于是反身上马，愤怒地用马刺狠狠地刺向它的软肋。受惊的马一声长嘶，抬起前蹄，直朝政府大楼驰去，他到那儿是为了再一次确认他听到的这令人沮丧的消息。消息正确，而更精确的是，英国同样宣布开战，海洋已对德国人进行了封锁。在一个大陆与另一个大陆之间的铁幕无限期地径直落了下来。

最初的愤怒使他把紧握的拳头击向桌面，毫无用处，好像他是在击打见不到的东西一样，几百万无权无势的人现在怒对命运的锁链，也是如此。他立即考虑各种可能性：用各种狡诈的、暴力的方式同命运一搏，但是偶然在场与他友好的英国领事向他提出谨慎的警告，从现在起他的每一步都受到监视。只有唯一的希望在安慰他：不久受到另外一些以百万计人的蒙骗，认为这样一场疯狂不能持续多长，在几个星期之内，在几个月之内，那些肆无忌惮的外交家和将军们搞的这场愚蠢的恶作剧，就必然会结束的。不久一种另外因素，一种繁盛的、强力的、有着一种令人麻醉力量的因素给予这种劣质烧酒以希望，这就是工作。通过穿越瑞典的海底电缆，他收到他的企业交给他的任务，为了预防企业被转交给第三方暂时保管，它要作为一家墨西哥公司独立经营，由几个代理人来掌管。这要求管理上有超强的能力，战争也是需要的呀。这种出色的企业主，从矿井采掘铁矿石，开采必须加快，企业必须加强。他绷紧全副力量，压制每一种保留下来的思想。他每天工作十二小时甚至十四小时，怀着宗教狂热般的坚忍，这样晚间就被数字的石弩击倒，疲倦得连梦都做不成，毫无知觉地倒在床上。

但是，当他认为自己感情仍无变化时，这种激情的紧张力在他内心中慢慢松弛下来。人们实质上并不唯一地靠记忆生活下去，就像植物和任何一种生物都需要土地的营养和天空滤过的阳光，这样它们的颜色才不会变得苍白，它们的花萼才不会枯萎；如此一样，甚至是梦，尽管它表面看起来是非尘世的，得到感官的某些滋补，和一种温柔的和形象化的促进，否则它的血液会凝结成块，它们的光亮会变得暗淡。他的激情也是如此，数个星期，数个月，最后一年，随后又是一年，从她那里再也得不到任何消息、任何书信、任何音讯。她的形象开始慢慢地变得模糊了。在工作中燃烧的每一天，都会在记忆上撒上一些灰烬，在下面，回忆还透过红色的火焰发光发亮，可最终这灰色的薄层越来越厚。他有时还把那些书信拿出来，但墨汁已变得苍白了，字句已不再叩击他的心扉了，有一次他在观看她的照片时猛的一惊，因为他记不起她的眼睛的颜色了。他越来越少拿出来那些他此前是十分珍贵的、使人振奋的物件，他不知道，他业已对她永远的无声的存在，对同一个永远没有回答的影子的说话感到了厌倦。除此，迅速产生的企业带来了一大批人和伙伴，他寻求朋友，寻求女人。在战争的第三个年头，他有一次前往维拉克鲁茨旅行期间进入一个德国大商人之家。在那里他认识了此人的女儿，文静、金发，家庭主妇的类型。在一个充满仇恨、战争和疯狂的堕落世界里，老是孤身独处令他感到十分恐惧。他迅速作出决定，与这个女孩结婚。随之生了一个孩子，随之又生了第二个；在他爱情的被遗忘的坟墓上盛开出鲜活艳丽的花朵：圆圈已经围成，外面是喧闹的活动，里面是家庭的宁静，从前他是什么人，此后四年或五年他对此已一无所知了。

突然间这一天到了，这是人声鼎沸钟声齐鸣的一天，电话线在颤抖，在城市的大街小巷中同时响起了叫喊声，当地的英国人和美国人毫无顾忌地在所有的窗户里高喊乌拉，庆祝他的祖国的覆灭。在这一天，恰恰在灾难中重新唤起了对可爱的祖国的回忆，也唤起了他心中的那个形象。她强力地进入他的感情，她在这些困苦和匮乏的岁月里是怎么度过来的，这里的报纸以幸灾乐祸的语调和新闻记者以无所顾忌的勤奋连篇累牍地报道战后他的故国陷入的悲惨处境。她的家，他的家是否幸运地从暴乱和抢掠中保存下来？她的丈夫，她的儿子还活着？在深夜他从沉入梦中的妻子身边站立起来，点上灯，用了五个小时，直到清晨，写了一封他一直不想结束的长信，他像自说自话地向她讲述了他这五年的全部生活。两个月后，他已经忘记了自己写的那封信，可他得到了答复。他犹豫不决地把这个大型信封拿到手中掂了掂。十分熟悉的字体让他触景生情，他不敢立即启开封口，仿佛那是潘多拉盒子，它里面封闭的是一种禁物似的。他就这样把它放在他的内衣的口袋里，有两天之久。有时他感觉到他的心在激烈地抗拒。信终于拆了，它虽然缺少那种急迫的亲切感，但并不是那种冷冰冰的客套话。他确切地在她平静的笔体中呼吸到了那种温柔之情，这是他曾经幸运地从她那里得到过的温情。她的丈夫已经故去，战争一开始就去世了，她几乎不敢对此抱怨，因为这样他就可以避免看到他经营的企业被毁掉，他们的城市被占领，他的过早被胜利冲昏头脑的人民遭受的苦难。她本人和她的儿子健康。她很高兴得悉他诸事顺利，远比她本人知道的消息要好得多。她用清晰和诚实的语言祝贺他的结婚。听到她说的这些，他不由自主地便心生疑虑。但是在她明确无误的口吻中没有什么隐藏起来的狡黠的语外音。一切都说得纯净，没有任何炫耀夸张或多愁善感的言辞，往昔的一切都已在持续的关怀中化解了，激情净化成一种水晶般的友谊。他从没有怀疑过她高贵的心灵，但是这种纯洁的、坚定的方式感人至深（他认为突然又在她的目光中看到了），在善的反射看到的是严肃但却是含着笑意。一种形式的感谢的冲动涌上心际，他立即坐了下来，给她写了一封详尽的长信，中断好久相互报告彼此生活的习惯又默契地恢复了，这表明一个世界的覆灭并不能摧毁一切。

怀着深深的感激他接受了他的明朗的生活方式，他的擢升已经成功，企业一片繁荣，家中孩子们从柔弱的花朵逐渐长成为会说话的、目光和善的玩具，晚间令他心旷神怡。被往昔，被他青年时代的火焰痛苦地吞食了的日日夜夜，终于亮起了一盏明灯，这是一种平静的和善的友谊灯光，没有索取，没有危险。两年后他受在德国的一家美国公司的委托进行一项化学专利，前往柏林进行谈判——当时与一度是他的情人现已变成朋友的她面对面相互问候时，怀的就仅是这样一种不言而喻的心态。他一抵达柏林，第一件事就是在饭店要求接通法兰克福的电话，电话号码在这九年间没有变，他觉得这是一种象征。一切都没有变，他在想这是好的兆头。这时桌子上电话铃声放肆地响了起来；多年之后又听到她的声音，它越过原野、土地、房舍和火炉，被他的声音招来，远涉岁月和海水和陆地来到近旁，预感及此他颤抖起来。当他还没有说出他的名字时，突然间她的令人惊奇的喊叫声："路德维希，是你吗？"冲到他的耳畔，这声音它先是进入谛听者的器官，随后跳入突然充满血液的心室，骤然间有什么东西把他拽入火中：他继续说话，可十分费劲，轻轻的听筒在他的手上颤颤巍巍。显露出她的惊喜的这种明朗和令人愕然的声音，这种欢快的有声冲击，必然触动了他生命中隐藏起来的某根神经，因为他感到血已冲上他的额头在嗡嗡作响，他费了好大的力气才听懂她的话。犹如有人对他耳语，他本人既不知道也没有这样想，他就答应了他本来就不想说出来的话：他答应她后天到法兰克福。他再没有平静了；他火急火燎地安排妥他的工作，乘车四下奔走，用双倍的速度去完成那些谈判。当他次日清晨醒来去追寻夜里所梦时，他知道了，多年以来，五年以来，他又第一次梦到她了。

两天之后，此前他已发了一封电报告知，在一个严冷之夜的翌日清晨他走到她的家门，猛然间他注意到他自己的双脚：这不是我的脚步，不是我在那边的脚步，不是我坚定、笔直和沉稳的脚步。我为什么走起路来又像从前那个二十三岁人那样羞赧、胆怯，羞愧地又一次用颤抖的手指弹掉他那身褪色上装的灰尘，在按动门铃之前戴上新的手套？为什么我的心突然跳动起来，我为什么拘谨胆怯？那个时候神秘的预感在窥视这扇铜门后面的命运，要抓住我，是温柔的或者是凶狠的。但今天，我为什么弓腰弯背？为什么这种强烈的不安又一次毁掉了我的坚定和稳重？他努力地去忆起他自己，在他的内心中去呼唤起他的妻子、他的孩子、他的家、他的公司、陌生的国家，可毫无用处。这一切蒙眬迷离，像被魔鬼般的雾霾席卷而去似的。他觉得自己孤苦伶仃，在她跟前，又一直像一个乞儿，像一个笨拙的孩子。他把手放到铜制门把手上，手在发抖，在发烧。

但当他一踏入房门时，这种陌生感就消失了，因为已变得消瘦和干瘪的老仆人，眼睛里几乎饱含泪水。"博士先生。"他抑制哽咽，结结巴巴地说道。俄底修斯[①]，他必定与他一道在想，家中的狗认识你，可女主人会认出你吗？但门帷推向两边，她迎向他，伸出双手。在双手握在一起的一瞬间，他们相互凝视。随之是短暂和魔法般的间歇，这时刻是充满了比较、观察、试探、火热的思考、含有羞愧的喜悦和又是隐藏在目光中的幸福。此后疑问消融于微笑，亲切的问候显现于目光。是的，她容貌如旧，自然稍显老些，头发依旧两边分开，左边部分的银色丝绺弯曲垂下；语调依旧平静，银色的亮光使她温柔亲切的面庞显得尤为庄重，他感觉多年的干渴，多么想把这声音一饮而尽，它柔和，因柔软的方言显得非常亲切，她欢迎他说道："你来了，这太好了。"

---

① 荷马史诗《奥德赛》中的主人公，特洛伊战争后返回家，家中的一条老狗依然认出了他。

这声音纯正和自由，像是在敲动一个音叉，她说话的声调和停顿，问询和叙说就像左右手在弹奏，声音清澈，相互融合。所有积结起来的不安和拘谨从她在场的第一句话起就一扫而光。她在讲，他就紧跟她的每一个思路。有一次，她在考虑时沉默无语，陷入深思，垂下的眼帘使眼睛变得模糊，霎时一个问题像一道阴影那样迅捷地掠过他的思绪："这不就是我吻过的嘴唇吗？"有一会儿她被喊去接电话，留下他一个人待在房间里，过去的一切毫无顾忌地从四面八方朝他涌来。在她在场的时候，这种模糊的声音便被压抑下来，但现在每一把扶手椅、每一幅图画，都轻启嘴唇，它们都纷纷向他述说，是听不清的耳语，但他却明白无误。我在这幢房子里生活过，他在想，我一定是留下了什么，还是那些年代留下的东西，我还没有完全生活在大洋彼岸，还没完全生活在我的世界。她又回到房间，表情欢快，那些事物又都规避起来。"路德维希，你留下吃午饭。"她表情欢快地说道。他留下来，整天都留在她身边，在交谈期间他们的目光共同回到过去的年代，自从他在这儿谈起往昔的岁月，他才觉得她现在才是真实的。当他终于不得不告辞时，他吻了母亲般温柔的手，门在身后关了起来，他觉得他从来没有离开似的。

但夜里，他孤独一人躺在陌生的饭店床铺上，他身边只有钟表的嘀嗒声，在他的胸中心急遽地跳动，平静的感情消失了。他无法入睡，起身打开灯，随之又关上灯。他毫无睡意地继续躺在那里。他总是想到她的嘴唇，他觉得它是另一个样子，与她柔声细语情真意切时不同。他突然间明白了，他们之间心定神闲的交谈是谎言，在他们之间的关系上还有一种没有解决和解决不了的问题，所有的友谊只是一副人工制成的假面具，罩在一张神经质的、慌张的、因不安和激情而变得惶惑的脸上。多么漫长，在不计其数的黑夜，在大洋彼岸营火旁的茅舍里，多少岁月，多少个白昼，他想的这次再度会面不是这个样子，而是冲向对方，热烈的拥抱，最后的献出，脱掉的衣服；不是这种样式的友好，不是这种客客气气的闲聊和这种老老实实的询问。他对自己说，他是一个男演员，他面对的另一个是女演员，但他们彼此并没有相骗。她昨夜肯定睡得跟我同样少。

当他次日清晨去她那里时，她的神情不是那么镇定，显得慌张，规避的目光立即垂了下来，因为她的第一句话就惶惑混乱，随后她也再找不到谈话的无拘无束的平衡感了。语调时高时低，有时停顿有时紧张。这是用巨大压力才克制住的紧张。隔在他们中间有某种东西，问题和回答被它撞得粉碎，无影无踪，犹如蝙蝠撞到墙上一样。两个人都感觉到他们不是各说各话，就是闪烁其词。到最后这种小心谨慎的兜圈子的话令人昏昏沉沉，疲惫不堪。他及时地觉察到了这点，当她再次邀请他吃中饭时，他借口城中有一个要紧的会谈而谢绝了。

她对此感到真的十分遗憾，现在从她的声音里又重新敢于流露亲切并显得羞怯的温情，但是她不敢认真地挽留他。在她陪他走出房间的当儿，他们都神经质般地彼此相望了一眼。神经中的某处有什么东西在沙沙作响，谈话重新又模模糊糊，他们从一个房间走到另一个房间，从一句话到另一句话都是言不及义。他们感到压力在增大，呼吸短促。当他披上大衣站在门旁时，气氛变得轻松了。但突然间他果断地又转过身来。"在我离开之前我还有个不情之请。""请说，我很高兴！"她莞尔一笑，又显出喜悦之光，希望满足他的一个愿望。

"这也许是愚蠢的，"他说时目光显得游移，"但你肯定可以理解，我很想再次看到我的房间，我住过两年的那个房间。我还一直待在下面招待外来人的客厅。你看，如果我现在返回家中，我根本就没有过回过家的感觉。人岁数大了，总是喜欢在寻找他的年轻时代，并对他的那些细枝末节的回忆有着一种愚蠢的乐趣。"

"路德维希，你变老了？"她回答说，语气几乎有些自负，"你太自以为是了！你最好看看我，这儿头发里的银丝。跟我相比你还像个孩子，你就谈什么老了。说这话我倒是有点小小的特权呢！我这忘性太大了，没有立即领你进你的房间，你的房间还一直是老样子，你会发现没有任何变化，在那个房间里什么都没有变。"

"我希望你也没有变。"他试图开个玩笑，但是因为她在凝视他，他的目光不由自主地变得温柔和热情。她面泛微红。"人变老了，但人还是那个人。"

他们上楼，进了他的房间。还在一踏入房间时就发生了一件难堪的小事：她明显地后退一步，以便让他先行，由于双方同时的谦让动作，他们的肩部在门框处倏地就碰在一起。俩人都怔然地不由自主各自避让。但是这种瞬间的身体与身体的接触就已足够使他们感到尴尬。她一言不发一反常态。那种令人瘫痪的拘谨，在寂静空空的房间里的感受尤为强烈。她神经质地疾步走到窗前，把窗帷高高拉起，更多的光照在蜷缩在黑暗里的物件，现在突然射进刺目亮光的当儿，好像所有的一切一下子就得到视力似的，并且不安和惊恐地活动起来。它们都庄重地走上前来，急忙地诉说一种回忆。这儿是衣柜，她亲手一直体贴地为他整理得井然有序，这儿是靠墙的书橱柜，他的一些倏地而来的愿望总是得到满足，这儿——说得轻狂些——是床，他做的不计其数关于她的绮梦都被他埋葬在被子下面，那儿墙角旁是那个长形沙发，一看到它，他的思想便灼热难当，当时她就是在它上面挣脱开他的；随处都使他感受到，由她的这些标记，这些信息，由她，就是现在站在他的身边侧身而立，呼吸匀称，极为陌生，目光不可捉摸的同一个人所点燃起炽热的灼人的激情。这种长年来留存在这个空房间的缄默，厚重和裹得严严的，现在它由于两个人的在场而惊悚地大力鼓胀起来，就如同空气压力冲向肺部和受到压抑的心脏一样。现在必须说点什么，必须冲破这种缄默，这样才不会感到郁闷。两个人都感到了。她这样做了，突然间转过身来。

"一切如从前一样，不是吗？"她开始说道，显示出坚定的意志力，有些冷漠淡定，但她的声音如沙哑般有些发颤。但他却没有接住话头，而是咬紧了牙关。

"是的，一切都是老样子，"透过牙齿他徒然产生愤懑，尖酸地冲了一句，"一切都如从前，只是我们不是，我们不是！"

一种伤痛，这个词他朝她说了出来。她惊讶地转过身来。

"路德维希，你什么意思？"但是她没有找到他的目光。他的目光现在没有望向她，而是默默地，同时也是火热地盯住她的嘴唇，这个多年来没有接触过的，但她的嘴唇与他的嘴唇却一度灼热地吻过的，这嘴唇他感觉湿润，像一个熟透了的果实。她羞怯地懂得了他凝视中的情欲，一片红晕泛上她的脸庞，她神秘地显得年轻起来，这使他觉得她像当时在这个同一房间告别之际一样。她又一次试图摆脱开这种饥渴的，这种危险的目光，有意地假装不懂，想移开话题。

"路德维希，你这是什么意思？"她又重复了一句，但语气更像是乞求，而不是解释，是对一个问题寻求答复。

这时他做了个果敢斩截的动作，现在他的目光充满男性的力量，紧盯住她的目光。"你不想懂得我，但是我知道，你是懂得我的。你记得这个房间，你也记得你在这个房间对我的许诺……当我返归时……"

她的双肩在发抖，她再次试图转移话题："路德维希，不要说了……这都是过去的事情，我们不要提了。哪儿有时间啊？"

"时间在我们心里，"他果断地回答说，"在我们的意愿里。我等了九年，我咬紧牙关。但我没有忘记。我问你，你还记得吗？"

"记得，"她平静地注视他，"我也什么都没有忘记。"

"那你是要"——他必须屏住呼吸，以便重新找到说话的力量，"你愿意履行诺言？"

她面上又泛起一片红晕，直漾入发际。她亲切地走到他面前说："路德维希，你要想想！你说你什么都没有忘记。但是你不要忘记，我几乎是一个老女人了，满头灰发，没有什么可希望的了，再没有什么可给予的了。我恳请你，让它成为过去吧。"

突然像是有一种快乐攫住他似的，现在他变得强硬了坚决了。"你在躲避我，"他在逼迫她，"但是我等得太久了，我问你，你还记得你许下的诺言吗？"

她的每句话的语气都变得游移不定："为什么你问我？现在我告诉你，那是没有意义的，现在，一切都太晚了。但是如果你要求的话，那我这样回答你，我从没有拒绝你什么，从我认识你那天起，我一直就属于你。"

他凝视着她，即使是在迷惘时，她依然是那么端庄，那么真实，那么清澈，不怯懦，不逃避，永远是同一个人，是情人，在每一个瞬间都能惊奇地把持住自己，同时不逾越，不张扬。他不由自主地朝她走去，但她一看到他的行动的逼迫性，便乞求般地表示拒绝。

"路德维希，我们现在走吧，我们不能停在这里，我们下楼；已经中午了，女仆随时都会来这里找我，我们不可长时间在这里停留。"

他的意愿不容反抗地屈服于她的本性显示出的力量，完全正如那个时候一样，他无语地听从了。她下楼进入客厅，穿过走廊直到大门，相互没有试图说一句话，彼此没有相望一眼。走到门旁他突然转过身来，朝向她说："我现在什么都不能跟你说，请原谅我。我要给你写信。"

她面泛微笑表示感谢。"好的，写信给我，这样更好些。"

　　他一回到饭店的房间，立即坐在桌前，给她写了一封长信，一句话接一句话，一页纸接一页纸，他身不由己一再地被突然激发起来的情欲所左右。这是他在德国的最后一天，多少月，多少年，他也许永远不会再来。他不愿意，他不能带着冷漠交谈时的那些谎言，不情愿的交往表现出的虚伪，离开她一走了之；他要，他必须再次说出来，单独地，远离开那幢住宅，远离开恐惧和回忆，还有那个被监视和处处受碍的空间所散发出霉味。于是他向她提出建议，陪他乘晚车前往海德堡。十年前有一次他们两人曾在那里做过短暂停留，他们彼此还陌生，但已有了更进一步接近的预感；但今天应该是告别，是最后的，是最深沉的告别，是他还依然渴求的告别。他还要求她给予他这一个傍晚，这一夜。他匆忙封上信，叫一个信差把信送到她的家里。一刻钟之后信差返回，双手递上一个加了黄色封印的小信封。他撕开了信封，手在发抖，里面只有一张纸束，用她斩截果断的字体，虽然显得急促但却有力地写了一两句话："你要求的是件蠢事，但我永远不能，永远不会拒绝你的要求，我会去的。"

列车的速度慢了下来，一个灯光辉映的火车站，火车缓缓前行。梦幻者的目光不由自主地抬起，寻找地张望，想再次温情地认出他梦中的形象，她此时正面向他，偃卧在半明半暗之中。是的，是她。这永远忠实的人，娴静的爱人，她来了，与他一起，奔他而来——他永远一再地清晰地拥抱她的存在。当她从远处就觉察到他逡巡的目光，那种畏畏缩缩的爱抚接触时，她现在立起身来朝窗外望去，外面飘浮不定的田野一片湿润，像闪光的流水一晃而过。

"我们马上就要到了。"她自言自语。

"是啊，"他深深地喘了口气，"用了这么长的时间。"

他自己不知道，他说的这句不耐烦的抱怨话指的是这次火车的行程还是这么多年来才等到了的这个时刻；他的情感在迷惘和梦境中游移不定。他只是感觉到，他下面的嘎嘎响的车轮在滚动，朝向某个地方驶去，驶向一个瞬间，而他昏昏沉沉无法辨清。不，不想这些，只是任由着一种模糊的力量随意支配，迎向某种充满神秘的东西，不管不顾，四肢松弛，听之任之。当一种无尽的渴望骤然间靠近那颗被堵塞的心时，那就出现了一种形式的新娘期待、甜蜜和爱欲，但是那种愿望满足前的恐惧，那种神秘的战栗也混杂地交融在一起了。不，现在什么都不考虑，什么都不要强求，什么都不要渴望，就只要这样停留下来，被梦幻般拽进混沌，被陌生的潮水所载，自己不要触动，但自己去感受，自己去追求，自己没有到达，完全被卷入命运之中，被安排返归自我。就这样停下来，还有数小时之久，在这持续的晚霞中，一个永恒的长久，被梦所包围；可思想已在告知自己，犹如一种轻微的忧愁，这一切不久就要结束。

但山谷里的电灯像萤火虫一样，这儿那儿，此处彼处——永在闪着亮火，路灯笔直分列两旁，铁轨嘎嘎响动，一个苍白的拱顶透过明亮的雾霭从黑暗中凸显而出。

"海德堡到了。"那三位先生中的一位站了起来对另两位说。三个人打点好他们鼓鼓囊囊的旅行袋，为了更早些下车而匆忙地走出车厢，被制动的车轮咔咔作响，驶入火车站的停车路轨。一阵强烈的抖动，随后列车停了下来，但车轮还又一次嘎嘎响动，像一只被折磨的野兽。他们两人单独坐在那里相互凝视的瞬间，就像被这骤然而至的现实惊呆一样。

"我们已经到了？"这话听起来有种不由自主的恐惧感。

"是呀，"他回答并站了起来，"我能帮你吗？"她表示拒绝，并急促先行。但在车门的踏板上她又一次停下来，双脚如踏入冰水一样，犹豫片刻才走下车门。但随后她振作起来，他默默地跟了上去。两个人在站台上，并排而立，感到无助、陌生、难堪；他手上的小手提箱来回晃动，显得沉重。这时在他们身旁的一列喘着粗气的火车又尖厉地喷出了蒸汽。她一阵惊栗，面色苍白，双眼迷茫惊恐不定地看着他。

"你怎么啦？"他问道。

"很遗憾，这么美。行程就这么结束了。我愿意这样一个小时一个小时地走下去。"他沉默不语。他在这一瞬间也同样这样想。但这已过去了。现在必须要发生点什么。

"我们不走吗？"

"是啊，是啊，我们走。"她几乎含糊不清地嘟囔说道。他们两个人仍并肩站着不动，好像他们心里有什么东西破碎了似的。随后（他忘记了挽着她的胳膊）他们才迟疑不决和迷惘不定地走向出口。

他俩走出火车站，但刚一迈出大门，一种如狂风暴雨般的声浪扑面而来，鼓声喧天，口哨声尖厉，狂暴的声的喧嚣。这是一次由军人联合会和大学生举行的爱国游行。活动的人墙，四列纵队，旗帜飞扬，变成了军人的男人以检阅的步伐按着一个节奏行进，像一个人一样，背部僵硬般的向后挺直，威武有力，嘴部大张，引吭高唱，一个声音，一个步调，一个节奏。头几排是将军们，头发斑白，胸挂勋章，两侧护送的是青年人队伍，他们迈着田径运动员的僵硬脚步，笔直挺举着大旗：有骷髅旗、有卐字旗①，有古老的国旗，它们在风中猎猎飘动，他们挺胸，抬额，好像去与敌人进行一场战斗似的。像被一只打着节拍的拳头所指挥一样，群众迈着正步，几何般的准确，井然有序地前进，圆规般精确地保持距离，步调一致，肃然矜持，绷紧神经，目光咄咄逼人。每当一个新的序列——退伍军人、年轻人、大学生——走过高高的检阅台时，那儿的一个敲动装置便在一个看不见的砧上有节奏地把钢敲得粉碎，这当儿人群的脑袋便威风凛凛地猛的一甩：脖子齐向左转，一种意志，一个动作，如在一个面容冷峻检阅平民队伍的首脑面前，像被绳子扯动的旗帜那样整齐划

---

① 即纳粹的旗帜。——译注

一。没长胡须的、刚长出绒毛的，或者满脸皱纹的，工人、大学生、士兵或者儿童，所有人在这一秒钟里都是同一张面孔，都露出僵硬的果断的和坚定的目光，都抬起骄横的前额和故作手握刀剑的姿态。从一排到一排永远是噼里啪啦的鼓点声，单调乏味，让人尤感专横。他们挺直脊背，双眼冷酷。在和平的广场上隐而不见地建立起来的战争和仇恨的锻造厂，上面是飘浮着淡淡白云的天空。

"疯了，"这个受惊者喃喃自语，他感到晕眩，"疯了！他们要干什么啊？还再来一次！还再来一次？"

还再来一次这样的战争，它刚刚毁了他的全部生活。他以一种陌生的惊恐望向这些年轻的面孔，呆呆地望向这群变成黑色的民众，他们四人一列，有如从狭窄的巷子里滚动出来，从一个黑暗匣子里播放出来的电影一样；你接触的每一张脸因强烈的愤怒而变得同样的僵硬，这是一种威胁，这是一种武器。为什么这种剑拔弩张的威胁发生在一个温和的七月傍晚，为什么发生在一座梦想和平的城市？

"他们要干什么？他们要干什么？"这个问题还一直梗塞在他的喉咙里。他适才还感到这个世界像玻璃般地发亮、声音悦耳，充满了温情和爱，在善和信任的一支旋律里流连，可现在突然间这些铁石心肠的人却把这一切践踏在脚下，军人装束，成千上万的姿态，可都在喊出同一个声音，露出同样的目光：仇恨，仇恨，仇恨。

他不由自主地抓住她的胳膊，感到某种温暖、爱情、激情、友善、同情，一种柔和的慰藉，但鼓声却把他内心的平静撕裂，现在所有成千上万的声音汇成一支含糊不清咄咄逼人的战争歌曲，大地因节奏整齐的脚步而震颤，空气因庞大人群的突然喊出的"乌拉"声而爆裂。他感到，他内心中某种温和明朗的东西被现实中这种暴力的、威胁的轰鸣声所粉碎。

他身旁的一种轻微的触动令他一惊，她用戴有手套的手轻柔地提醒他，手不要这样粗野地握成拳头。他转过死盯不放的目光，她在望着他，一言不发，面露乞求的表情；他只感觉到胳膊被轻轻地急迫地拽了一下。

"好的，我们走。"他振作起来，喃喃说道。他耸了耸肩膀，好像是去抗拒这些模糊不清的东西。他们费尽力气去穿过密密麻麻挤在一起的人群，这些人像他一样默默无言，着魔般地凝视着军团的持续不断的进军。他不知道他要挤向何处，只是想冲出这种喧嚣的骚乱，离开这里，离开这个广场，这里一个搅动起来的研钵以无情的节奏把他所有的温柔和梦幻都磨成碎末。只要离开，单独与她在一起，被昏暗所笼罩，被一个房顶所遮掩，去感受她的呼吸，十年来第一次不被监视，不受妨碍地去凝视她的眼睛，去品享这种俩人独处；在他无数的梦中多次出现过的，而现在几乎被这种旋涡般的、在喊叫和脚步声中一再翻腾滚动的人的波浪席卷而去。他的目光神经质似的察看四周的房屋，它们都挂着旗帜，在它们中间有一些是悬挂着金字招牌的商家和旅馆。他骤然间感到手中的小箱子轻轻地下垂，这是在提醒他，要找个地方休息，要找个家，就他们两个人！花钱买个安静，几个平方米！像是在回答他一样，从高处石头门面，一个闪着金色亮光的旅馆名字跳入他的眼帘，它的玻璃大门凸出迎向他们。他的脚步变得小了，他的呼吸变得轻了。他几乎惊愕地停了下来，不由自主地把他的胳膊从她的胳膊中脱离开来。"这是一家好旅馆，有人向我介绍过。"他的谎话说得结结巴巴，掩饰他神经质般的窘迫。

她惊得后退几步，血涌上她苍白的面孔，她的嘴唇在动，要说点什么——也许又和十年前的一样，慌恐地说出"不是现在！不是这里！"

但她看到他的目光在望向自己，显得畏缩、窘迫和神经质。随后她垂下头，一言不发地表示默许，跟着他，迈着小步胆怯地步入旅馆大门。

在旅馆的接待角后边，门房头戴一顶彩色帽子，傲慢地像一个负责启航的船长，心情甚佳，站在稍远处一个有隔板的小间后面。他没有迎向迟疑不决的来客，只是用一瞥匆忙的和轻蔑的目光向小旅行箱扫了一眼，迅速地进行估量。他在等待，客人必定要走到他跟前，他就突然又显得忙碌起来，翻开那本大型的登记簿。直到来客已经完全站在他跟前时，他才抬起冷冰冰的目光，板起面孔问道："先生预订了房间？"几乎是负疚式的否定，他随之又翻阅登记簿，算作是回应。"恐怕是没有房间了。我们今天是旗帜节，但——"他宽容地补充了一句，"我看看，有什么办法。"

这个穿戴有标志的下士，真想给他一记耳光，受到屈辱的路德维希发狠地在想。十年了，他第一次感到在这儿又像是个乞丐，是个乞求别人恩惠的人，是个冒失鬼。但这期间那个傲慢的家伙结束了烦琐的审查。"27 号房间刚腾空出来，一个双人床的房间，如果您感兴趣的话就定下来。"他除了憋火地说了句"好的"之外，还有什么可说的。他焦急地用手接过递上来的钥匙，已感到不耐烦了，赶快离开这个人。可这当儿从背后又一次响起了一本正经的声音，"请登记"，给他递上一张长方形的纸，上面有十或十二项他必须要填上的表格：职业、姓名、年龄、出身，住地和原籍，都是官方对活人提出的要项。这种令人反感的事情很快就填写完毕，只是在填写她的名字时他没有如实，写上了他们是夫妻关系（这是他从前梦寐以求的）。这瞬间他手中那支轻轻的笔拙笨地颤抖起来。"这儿还要填上住多长时间。"那个冷冰冰的人指责说，他拿起表格进行审查，用肥胖的手指着还空着的栏目。"一天。"路德维希愤怒地用笔填上了，他激动地感到额头湿漉漉的，不得不把帽子摘下，这股陌生的空气使他心烦意乱。

"二层左边。"当这个精疲力竭者现在要转向一侧时，一个勤快客气的侍者敏捷地跑了过来解释说，但他只在找她：在整个登记时间她一动不动地站在一张海报前面，这是一张一个没有名气的女歌唱家演唱舒伯特的晚会的招贴画，在她一动不动伫立的期间里，一阵颤抖的波浪透过她的双肩，像风掠过一片草地一样。他注意到了，他感到羞愧；她用了巨大的控制力才控制住的激动，我为什么要把她从她的平静中拽出来，拽到这里。他是在违背她的意愿吧？但是已经没有退路了。他轻轻地催逼说："走吧。"她离开了那张陌生的海报，并没有把脸转向他，迈着沉重的脚步缓慢费力地向楼梯走去……像一个上了年纪的女人，他不由自主地在想。

他这样想也只是在刹那之间，看到她一手扶着楼梯的扶手，费力地登上几个台阶时，那种丑恶的想法便戛然而止。但是某种令人痛苦的东西却取而代之，停留在刚被强力排除的情感的位置上。

终于他们来到了二层楼的过道：这静寂的两分钟是一种永恒。一扇门敞了开来，这就是他们的房间。清洁工还在里面用抹布和扫把进行清理。"稍等片刻，我马上就完，"她告罪地说道，"房间刚腾出来，但是你们可以进来了，我带来换洗过的床具。"

他俩进入房间。在这个关闭的空间里，空气浊重、甜蜜，散发出橄榄香皂的味道和冷冷的烟味，好像房间的某个地方还有陌生人的痕迹留在那里。

在房子中间有一张双人床，上面凌乱不堪。够放肆的了，或者还留有体温，显然这是这个房间的用途和目的，这种明确的指向令他作呕。他身不由己地快步向窗户走去，把它打开，一股潮湿柔和的空气连同大街上升腾而起的嘈杂喧闹声一并涌了进来，从向后飘动的窗帷旁慢慢地吹了过去。他伫立在敞开的窗前，紧张地望向已隐在昏暗中的屋顶。这个房间多么可憎，待在这儿多么令人羞愧，多年来渴望的俩人独处是多么失望，就这么突然的，就这么不知羞耻的俩人裸体面对，这既非他所愿也非她所愿！呼了几口气，三次、四次，有五次之久——他在数；他朝外望去，他不敢首先说话；可这不行，这不能忍受，他逼自己转过身来。完全如他所预感的，如他所担心的一样，她身穿灰大衣站立在那里，石头般僵立，双肩下垂，像被砍断了似的。站在房子中间似她不属这里，只是由于强力的偶然，由于疏忽才落到这个令人厌恶的空间。她脱下手套，显然是想把它放下，手套空空的在她手上摇晃个不停。她已经转过身来，她的目光乞求地投向他。他懂得了。"我们要不，"这声音跌跌撞撞穿过紧缩的空气，"我们要不再到外边走走……这儿太气闷了。"

"好的……好……"像得到解放似的，她的话脱口而出，恐惧不复存在了。她的手握住了大门把手，他慢慢地跟着她并观察着她，她的双肩在颤抖，像一只逃脱掉死亡利爪的动物的肩膀一样。

大街上热烘烘的，人流如潮，节日游行的尾流还在狂躁不安地运动。他俩于是蜇入安静得多的街巷，进入那条林荫路，这是十年前他带她在一次星期天出游时走的同一条路。"你还记得吗，那是一个星期天。"他不由自主地大声说道。她心中显然也怀着同样的回忆，轻声地回答说："跟你在一起的没有什么会忘掉的。奥托与他同学在一起，他们飞跑到前面，我们差点把他们落到树林里了。我喊他，喊啊，让他回来，可是这非所愿，因为有种愿望在逼迫我，我要单独与你在一起，但那时候我们彼此还陌生呢。"

"那今天呢？"他试图开个玩笑。但她停在那里默不作声。我真不该这样说，他感到沉闷，什么在逼使我老是去比较，此时和彼时。但为什么我今天找不到话对她说，这个"彼时",往昔的岁月,总是横在中间。

他们沉默地走向高地。在他们下面,万家的暗淡灯光蜷缩成一团,从晦暝的山谷里蜿蜒流动的河流凸现出来,越来越明亮,这儿的树木窸窣作响,黑暗下垂,笼罩着他们。四周阒无一人,在他们面前出现的,只有他们两人默默无言的身影,每当路灯斜照在他们身上时,他面前的俩人身影便融合为一,似他们拥抱在一起,身影延长并旋即渴望地合在一起,身体拥着身体;合二为一,随即又分离开来,为了又重新拥抱。这期间他俩并肩而行,面色苍白,呼吸浊重。他着迷地看着这奇妙的影戏,这种没有灵魂的形体,影子的身躯,它们相互之间逃避、捕捉和再度分离,可这确是他们自己的一种反照;他怀着一种病态的好奇心,看着这种没有实体的形象间的逃避和纠缠,几乎忘记了他身边活生生的人,而只专注这黑色的流动和逃避的影像。他什么都没有想清楚,可感觉到沉闷,这种羞羞答答的游戏毕竟是在提醒他什么,提醒他什么呢?那是在他内心古井般深处和不安地翻滚的回忆的木桶,它在不断和咄咄逼人地进行撞击。那只是什么呢?——他绷紧所有的感官,在这沉睡的森林里发生的这场影子运动在提醒他什么呢？一定是些话，是一次经历，是所听到的，是感受到的，都被裹进到一个旋律里，一个深深的墓穴里，年复一年他都没有触动它。

刹那间豁然开朗，遗忘的黑暗在闪电雷鸣中裂成两半：那是一些话，是一首诗，是她有一次晚间在房间里给他朗诵的一首诗。一首诗，一首法文诗，他知道这些字像被一股热风所裹挟一样，它们一下子就到了她的嘴唇，十多年了，他没有听到她朗诵这首外国诗中被遗忘的诗行：

Dans le vieux parc solitaire et glacé

Deux Spectres cherchent le passé

这诗行刚一在记忆中清晰地涌现时，随之就魔法般地快速呈现出了一幅完整的图画：在昏暗的沙龙里灯光明亮，闪出金色的光华，她在一个晚上给他朗诵魏尔伦的诗。她被灯影遮住，他看到她当时是怎样坐在那里，既近在咫尺，又远在天涯，想去爱，又遥不可及。他突然感觉到了，自己的心在听到她那飞翔在诗行上的声音而激动得怦然跳个不停，这是飘扬在诗行波浪上的声音，它在诗里即使只是在诗里也能听到"相思"和"爱情"的字眼，虽说是用外国语言，指的是外国人，但是听到这种声音，她的声音，让人心醉神迷。他怎么能忘呢？多年了，这首诗歌，这个晚上，这个晚上只有他们两人留在家里，为躲避俩人独处的尴尬，避开危险的交谈，而进入书籍的广袤天地。在这里，文字和旋律有时能闪现出内心情感的意义重大的自白，犹如草丛中的荧光，难以捕捉之光，但它的不在依然感到愉悦。他怎么忘记了，这么长时间？但是它怎么也突然再次出现了，这首被遗忘的诗呢？他不由自主地说，他翻译出这两行诗：

在古老的花园里，冰冷多雪
两个黑影在寻找往昔

他刚一念出来，他就已经懂得这诗了，钥匙在手中发光，从回忆的沉睡的矿井中涌出的联想，突然如此鲜明，如此清晰地被拽了出来：那是路上的影子，是触动和唤醒他们自己说过的话的影子，是的，但比这还多。他突然战栗地感觉到令他惊恐的认识的意义；是有预言意义的话：难道这些影子不就是他们自己吗？他们在寻找它们的往昔，对一个彼时，提出苦闷的问题，可那个彼时不再是真实的，是影子，影子。它要变成活生生的，可这不再可能，她不是，他也不再是同一个人，可却白费气力地去寻找，在无形无力的努力中相互逃避，相互坚持，这不就像他们脚前的这黑色的鬼魅吗？

他下意识地叹了口气，她转过身来问道："你怎么啦，路德维希？你在想什么？"

但他只摆了摆手。

"没什么！没什么！"他只在谛听他的内心深处，谛听昔时，不管这种声音，这种回忆的预言声音愿否再次与他交谈，并借助往昔向他揭示现在。

被遗忘的梦

一座别墅紧靠在海边。

　　咸腥味的海的氤氲弥漫在静谧朦胧的五针松甬道中间，不断吹来的微风戏弄着橘子树的四周，拂来掠去，宛如用谨慎的手指抚摸着一朵绚丽多彩的鲜花。阳光闪耀中的远方，山丘，它们中间秀丽的房屋犹如白色的珍珠在熠熠发光。几里之遥有一座灯塔，它像一根蜡烛笔直地矗向天际，在清晰明显、界线清楚的轮廓中间，一切都泛着亮光并浸入大海的湛蓝之中，如一幅闪光的镶嵌图案。大海动情地把它的波浪紧紧依偎在带有台阶的平台旁边——别墅就在上面。白色的光华映进大海，点缀着远处孤寂的闪光的船帆，越来越深入地升到一个宽大的阴影下的庭院中的绿地上，并消失在疲惫的、童话般寂静的公园里。

　　上午的炎热压在沉睡的房屋上面，一条狭窄的铺着沙砾的小路像一条白线从房屋通向凉爽的望景台，台下波浪在粗暴地不停地冲击，噼啪作响，这些闪光的水珠子不时四下飞溅，由于刺眼的阳光而扩散成钻石般的光华。熠熠发亮的太阳光芒一部分洒落在五针松树叶上，这些树叶浓密地靠在一起，宛如在窃窃私语；另一部分由一把张开的日本雨伞遮挡住，被刺眼的不舒服的颜色固定在欢快的形状上。

在这把伞的阴影中间，一个女人倚在一把柔软的草椅上，她把漂亮的身躯舒适地偎依在软塌塌的纺织物里。一只消瘦的没有戴指环的手像被遗忘了似地垂了下来，轻轻地惬意地戏弄着一条狗的发亮的丝绸般的皮毛，另一只手拿着一本书，深色的长有黑色睫毛的眸子把她的注意力都集中到书本上，一刻也没有间断，眼睛里含着一丝强忍住的微笑。这是一双不安静的眼睛，大大的，在呆滞的、模模糊糊的光亮里显得更为秀丽。线条清晰的瓜子面庞所散发出的强烈的吸引力并不是天然的、和谐的，而是把经过精心修饰的个别部分的美以一种精心的方式显露出来。凌乱的鬈发闪闪发光，散发着芳香，仿佛一位艺术家的精心之作，在阅读时现出微笑，露出那洁白光滑的珐琅质的牙齿，这种微笑现在已经成了固定的、无法摆脱的一种习惯了。

沙砾上响起了轻微的沙沙声。

她望去，姿态没有任何改变，像一只沐浴在耀眼灼热阳光里的猫，她用炯炯发光的眼睛迎向来人。

脚步迅速走近，一个身着号衣的仆人站到她的面前，递上一张狭长的拜访名片，然后后退少许等在那里。

她读着名片，表情惊愕，在马路上当一个陌生人向你亲切地打招呼时，你就会有这样的表情。眼睛上方清晰而浓黑的眉毛显出一道小小的皱纹，这是在费力思考的一种表示，随即在她的面庞上突然流露出一种欢快的光辉，眼睛在傲慢的光亮里闪动，她像在回想早就逝去的、完全遗忘的青春年华，而这个名字重新唤起了那段岁月明快的画面。形象和梦幻重又获得结实的形体，清晰得如实实在在的一样。

"那么，"她突然清醒过来，转向仆人说，"这位先生当然可以前来。"

仆人迈着卑恭的脚步走开了。有一分钟的时间寂静无声，只有永不疲倦的风儿在轻轻吟唱，从充满着强烈的正午阳光的山峰那边飘来。

突然间传来了轻快的脚步声，一条长长的身影直落到她的双足跟前，随即一个高大的男人站到了她的前面，她从她那臃肿的座位上伶俐地立起身来。

先是他们的目光相遇。他朝绰约娇丽的身躯飞快地一瞥，而她的眸子里闪烁出一丝嘲弄的微笑。

"你真是太好了，还记得起我来。"她开始说，同时把消瘦发亮、精心保养的手递给了他，他敬畏地用嘴唇吻了吻。

"仁慈的夫人，我要坦诚地对您，因为这是阔别多年以来的一次重逢，并且是，我感到害怕，好多年了。我到这里来，纯属一种偶然，这座宫殿的占有者的名字重又使我想起了您。我是因为他的杰出地位才打听到这幢别墅的。这就是说我本来是作为一个深感内疚的人来到这里。"

"但这不会使你不受欢迎，因为我也不是立刻就想起了你，尽管你对我来说是相当重要的。"

现在俩人都笑了。半是隐蔽的青年时代初恋的那种甘美的淡淡芬芳，同它整个的迷人的甜蜜感在他们心中苏醒了，犹如一个梦，一个人们在醒来时会轻蔑地撇一下嘴的梦，尽管如此他还是希望再去做一次。美梦有头没尾，这只能希望而无法要求，这只能应允而不能给予。

他们继续谈下去。但在语调里已经有了一种真诚，一种温柔的信赖感，它能保守一种玫瑰色的、业已半是苍白的秘密。她吐出轻松的字眼，欢愉的笑声不时像落在玉盘里流动的珍珠。他们谈起过去的事情，谈起忘掉的诗歌、枯萎的花朵、丢失的和抛掉的饰带，这是他们之间的故事，像无痕迹的传说一样，在他们心里撞击起多年沉默的、尘封的大钟，慢慢地、慢慢地充满了一种痛苦的疲惫的庄重感；他们业已死去的青年时代的爱情在他们的谈话中有着一种深沉的，几乎是悲哀的严肃性。

他讲道："在美国那边我得到一个消息，说您订婚了，那是在婚礼早已举行了的时候。"在讲这段话时，他富有旋律的声音有些轻微的颤抖。

她什么也没有回答。她的思绪已退回到了十年前。

一阵郁闷的沉默压在两人身上，几分钟过去了。

随后她轻轻地问，几乎听不到声音：

"您当时对我是怎样想的？"

他惊愕地朝她望去。

"我可以坦白地告诉您，因为明天我就会回到我的新故乡去了。我没有惹您生气过，瞬间都没有过混乱的充满敌意的念头，因为生活当时已经把爱情的斑斓火焰冷却成一种同情的发出微光的火苗了。我不理解您，只是——惋惜。"

一片深红泛上她的面颊，她眸子里的光华变得强烈了，当即激动地喊道：

"惋惜我！我不知道这是为什么。"

"因为我想到您未来的丈夫，一个冷漠的总是去想赚钱的人——您不要反驳我，我完全不是想去侮辱您的丈夫，我一直尊重他——我是因为想到您，一个少女，我是怎么离开她的。因为我无法想象。像您这样一个孤独的人，有理想的人，对日常生活有的只是轻蔑的嘲弄，怎么能成为一个常人的诚实的妻子。"

"如果情况果真这样，那我为什么同他结婚？"

"我知道得不是很清楚。也许他有一些隐藏起来的优点，表面上看不到，只有在私下交往中才开始显露出来。这对我是一个容易解开的谜，因为我不能也不愿意相信。"

"这是什么意思？"

"他有伯爵的头衔和百万的家财，这是我唯一缺少的。"

她好像是没有听到最后一句话，因为她用手指遮在眼睛上方，在阳光中手指透出深色的玫瑰红，像是紫色的贝壳在发光，她向远方，向很远的模糊不清的天水一线的地方望去，在那里天空把它淡蓝色的衣裳浸入海浪的深色绚丽之中。

他也陷入沉思，几乎忘记最后的话；她避开他，突然用几乎听不到的声音说：

"是这么回事。"

他吃惊地几乎是畏惧地向她望去。她用一种慢慢地显然是做作的安详姿态重新坐进她的扶手椅里，以一种平静的感伤，单调地、嘴唇几乎不动地继续说道：

"那时你们没有一个人理解我，当我还是一个小女孩，说着怯生生的孩子话时，连您跟我那么要好也不理解我。也许我自己也不理解。我现在还时常想到，我不明白自己，因为女人对她们的迷恋奇迹的少女灵魂能知道些什么呢？她们的梦想像柔弱的、细小的白色花朵，现实哈出的头一口气就能使它枯萎。我不像其他的少女，她们梦想着健壮有阳刚之气的英雄，他们应当使她们寻觅的渴望变成闪光的幸福，使她们的平静的预感成为欢愉的领悟，并让她们从那种模糊不清、莫名所以、无法把握却是感觉得到的痛苦中解脱出来，这种痛苦越来越浓烈、越来越咄咄逼人、越来越沉重地用它的阴影笼罩住少女的时光。我从来不知道这种痛苦，我的灵魂乘着另一种梦的小舟驶向未来的遮蔽起来的丛林，这丛林隐藏在未来岁月的浓密雾霭的后面。我的梦是我特有的。我总是做一个国王的孩子去做的梦，这些梦像古老童话书里的那样，他们用熠熠闪烁、光彩耀眼的宝石玩耍，他们的手发射出童话宝藏般的金色光华，他们穿的衣服价值连城。我梦想豪华和富丽，因为我爱这两样东西。当我的双手可以抚摩飒飒颤动、轻吟浅唱的丝绸时，当我的手指能够在一块贵重的天鹅绒衣料的质地柔软的长筒中像睡眠一样伸展开来时，我是多么快乐！当我能够把珠宝像一条锁链似的戴在我那因喜悦而发抖的手指上时，当洁白的宝石在我的头发的波浪里像珍珠一样闪耀时，我是多么幸福！我的最高目的就是坐到一辆时髦汽车的柔软座位里。我当时醉心于艺术的美，这种陶醉使我瞧不起我的现实生活。当我身着日常普通的衣服，像修女一样的朴素和简陋，并经常整天待在房子里时，我恨自己，我为我的平庸感到羞愧，我躲在自己狭小的丑陋的房间里。我的最美好的梦就是一个人单独生活在海边，在属于自己的家产上，这家产是豪华的，同时也富有艺术性；在树荫遮盖、绿叶浓密的甬道上，那里没有脏兮兮的爪子来干些卑下的工作，那里是一片祥和——几乎就像这儿一样。我梦里所要的，我的丈夫都满足了我，也正因他能够这样做，他才成了我的夫君。"

她沉默不语了，脸上泛出一种放肆的美。她眼睛里的光亮变得强烈而逼人，面颊的红晕燃烧得越来越灼人。

深沉的寂静。

只有粼粼波浪在下面发出节奏单调的声响，浪花把自己抛向平台的台阶，就像投入一个可亲的胸脯中似的。

这时他轻声地说，仿佛自言自语：

"但是爱情呢？"

她听了，露出一丝微笑。

"您今天还有您的那些理想，所有的那些，您当时不都带到远方的世界去了？难道所有的您都保留下来，一点儿没有损害，或者有一些已经死去了，枯萎了？或者有人最终把它们用暴力从您的胸膛中撕扯了出来，并抛到污泥里去，被成千上万奔向生活目的的车轮碾得粉碎？或者您什么也没有失掉？"

他忧郁地点了点头，一声不响。

突然他握住她的手，放在自己的嘴唇上，沉默地吻了吻。随后他用动情的声音说："永别了！"

她有力又真诚地对他作出了反应。她向一个由于久别而变得陌生的人袒露了她内心深处的秘密，展示了她的灵魂，她并不为此感到羞愧。她目送他而去，露出微笑。她想到他谈到"爱情"这个词儿，往昔那轻轻的听不到的脚步声把她和现实隔离开来。突然她想到，那个人本来是能引导她的生活的，这种想法用色彩描绘着这个古怪的念头。

慢慢地，慢慢地，完全察觉不到地，这种微笑在她那梦幻般的嘴唇上消逝了……

看不见的收藏

列车过了德累斯顿两站，一位上了年纪的先生登上了我们这小节车厢，他彬彬有礼地打了招呼，向我颔首致意，再次富有表情地望了我一眼，像是遇见一位故人。乍一看我想不起来，可当他面带微笑地说出他的名字时，我马上就想起来了：他是柏林最有声望的艺术古玩商人之一，和平时期我经常在他那里浏览和购买旧书以及作家手稿。我们先是随便聊了一会儿，突然间他径直说道：

　　"我得告诉您，我这是从哪儿来的。作为一个艺术商人，这是我三十七年来遇见的一桩奇怪之极的插曲。您大概知道，自从货币的价值像空气一样地不值钱，现在我们这一行的行情是什么样子：一批暴发户骤然间都对哥特式的圣母像、古版书以及古老的铜版雕刻画和古画感兴趣了。根本无法满足他们的奢望，您甚至不得不防范他们把你的整个家底搜净刮光呢。他们恨不能把衣袖上的纽扣和写字台上的桌灯都买了去。于是收进新的货物就越来越困难了——请您原谅，我突然把这些东西说成是货物，往常这可是令我们感到多少有些敬畏的呢——可是这群坏家伙就是习惯于把一本杰出的威尼斯古版书看作一大堆美元，把一张古尔希诺①的素描当成几张一百法郎钞票的化身。这股突然涌来的抢购浪潮，其势头锐不可当。于是隔夜之间我就被搜刮得一干二净。我真想把店门一关了事。在我们这样一家老字号里——这还是我父亲从我祖父手里接过来的——竟然只有一些可怜巴巴的劣等货色，过去，在北方这都是些连走街串巷的小贩也不愿放到车上的东西，我为此羞愧至极。

　　"在这种狼狈的境地里，我想出了个主意，去翻阅我们的老账本，搜索一下我们的老顾客，或许可能从他们手中重新买回几件复制品，这样一本陈旧的顾客名单一直都是某种类型的坟墓，特别是在眼下这年代，它对我的用处根本不大。我们早先的那些买主大多数不是早就把他们的

---

① 意大利画家乔万尼·弗兰西斯科·巴比埃利·达·秦托（1590—1666）的绰号。

收藏送进了拍卖行，就是已不在人世了，对极个别的人也不能抱什么希望。突然间翻出我们的一个老顾客的一整捆来信，我一下子就想起他来，因为从一九一四年世界大战爆发以来，他就再也没有写信向我们订过货和询问过情况了。这些信件大约都是六十年代①以前的，这绝不是夸张！他从我祖父和父亲手里买过东西，可我记不起来，在我经营的三十七年中他是否进过我们的商店。一切都表明，他一定是一个古怪的、老式的、滑稽可笑的人。这样的德国人已经变得罕见了，只有在偏远的小镇里还有个把这样的人一直活到我们的时代。他写的字都是一种书法艺术，写得十分工整，钱数总额都用尺和红笔画上直道，而在数字下面都是再画上一道，以免出错。这一点以及他所用的简陋的信封和很不起眼的信纸都说明了这个无可救药的外省人的琐细和吝啬。落款处除了签上他的名字之外，他还经常带上一大串烦琐的头衔：退休的林务官，农业学家，退休上尉，一级铁十字奖章获得者。这

---

① 指 19 世纪 60 年代。

个七十年代①的老兵，要是还活着的话，那至少年过八十了。但是，这个滑稽可笑的节俭人，作为一个古老的绘画艺术的收藏家却表现出一种非凡的聪颖和出色的鉴赏力。我慢慢地整理他大约六十年之内的订单——最早的一批订货还只是几枚银币的事情——这时我发现，这个卑微的外省人在当时人们用一个塔勒②可以买一大堆精美的德国木刻画的年代里，不声不响地搜集到一批铜版雕刻画，这笔收藏与那些暴发户借以炫耀自己的东西相比，毫不逊色。在半个世纪里，光是他在我们这里仅用极少马克和芬尼③成交的东西，今天的价值就足以令人咋舌，除此，可以想象出，他定也从拍卖行和其他商人手中弄到不少名贵的东西呢。从一九一四年起我们再也没有从他那里收到过订单了，但我对艺术商界里的事情十分熟悉，这样一批收藏如果进行拍卖或者私下里出售那是瞒不过我的。因此，这个古怪的人现在一定还活着，要不这批收藏就在他的继承人手里。

---

① 指 19 世纪 70 年代。
② 德国旧时的一种银币。
③ 德国旧时的货币。

"这件事引起了我的兴趣,于是我在第二天,即昨天晚上立刻动身,直奔萨克森的一座十分破旧的小镇。当我从简陋的车站穿越城镇的那条主要街道时,我简直不能相信,在这些平庸的、市民气的简陋房屋里,其中某间陋室竟住着一个拥有伦勃朗的最杰出的绘画、丢勒和蒙台纳的木刻人像的人。使我惊讶的是我在邮局询问这里是否住有叫这个名字的林务官和农业学家时,得知这位老先生确实还健在,于是我就在上午前去拜访,应当承认,我的心当时跳个不停呢。

"我没费什么力气就找到了他的住处。他住在那种租费低廉的、土里土气的楼房里,这种建筑物都是在六十年代草率匆忙修建起来的,他住在三楼,二楼住着一位老实的裁缝,在三楼的左边挂着一位邮政局局长的牌子,闪闪发光;而在右边挂着一个小型的珐琅牌子,上面有林务官和农业学家的字样。我胆怯地拉动了门铃,随即出来一个年迈的白发女人,她头戴一顶整洁的黑色小帽。我把我的名片递给了她,问是否可以同林务官先生面谈。她感到惊讶,先是怀有某种疑惑似的打量我,随即看了看我的名片。在这远离世界的小镇里,在这老式的房子里,出现了一个从外地来的客人，这可是一件大事。但是她和气地请我稍候，拿着名片，走进房间，我听到她轻轻地说话，随即突然响起了一个男人洪亮的声音：'啊，R 先生，柏林来的，一家大古玩店的老板……请进来，请进来……我太高兴了！'那个老妇人走了出来，把我让进屋内。

"我脱掉大衣，进了房间。在简朴的房间正中，笔直地站着一个健壮的老人，浓髭密髯，身上穿着一件半军用的便服，亲切地向我伸出双手。但他站在那里的这种奇怪的、僵直的姿态与他那外表上不容置疑的高兴非凡和喜出望外的欢迎姿态毫不协调。他一步也不朝我走来，我感到一丝愕然，只得走到他跟前，以便和他握手。可当我正要握他的手时，我发现他的那双手仍一动不动地保持着水平姿势，不是来握我的手，而是在那儿等我去握。随即我全明白了，这个人是个盲人。

"早从孩提时代起，在一个盲人面前，我总是觉得不舒服；我明知他是一个活生生的人，可同时又知道，他不能像我看到他那样看到我，这总免不了使我感到某种羞赧和窘迫。当我现在看到白色浓眉下的一双已死亡了的、僵直的、空无所视的眼睛时，我不得不克制我的愕然。但是这个盲人却不让我有更多时间发怔，我刚一握住他的手，他就使劲地摇动起来，急促地、高兴地、粗声粗气地再度表示欢迎。'稀客啊，'他满脸堆笑地对我说，'这真是奇迹呀，柏林的一位大老板竟然光临寒舍……可一当某个生意人上路，那就要当心啊……在我们这里，人们常说：要是吉卜赛人来了，那就要紧锁房门，看好钱包……是的，我想得出您为什么来找我……眼下，在我们这个可怜的、走下坡路的德国，生意不好做啊。没有买主了，于是大老板们就又想起了他们的旧主顾，寻找他们走失了的羔羊……但在我这里，恐怕您交不上运气啦，我们这些穷苦人，靠养老金过活的老人，饭桌上有块面包，就够高兴的了。你们现在要的令人发疯的价格，我们再也付不起了……我们这样的人永远也没有份了。'

"我立即解释说，他误解了我的来意。我来这儿不是向他出售什么，我只是偶尔来到这一带，有了机会，也不想错过这个机会来拜访我们的一位多年的老主顾和德国最大的收藏家之一，我刚一说完'最大的收藏家之一'这句话，这老人的脸上便起了一种奇怪的变化。虽说他还是笔直地、僵硬地站在房子中央，可是他突然显出欢快明亮和扬扬得意的神情。他把身子转向估计是他妻子的方向，说道：'你听听。'声音里充满了快乐，没有一丝那种在军队里养成的粗鲁语气，而是和气甚至是温柔地对我说：'您这真是太好、太好了……您确是不虚此行啊。您可以看到您不是每天都能看得到的东西，即使是在你们豪华的柏林……有几幅画，在阿尔帕梯纳①，在该死的巴黎都找不出比它们更美的了……真的，收藏了六十年，什么样的东西能没有啊，这可不是在马路上随便看得到的。露易丝，把柜子的钥匙给我！'

"这时候却发生了意想不到的事情。那个一直站在他身边、面带微笑客气地静听我们谈话的老妇人，突然向我恳求地举起双手，与此同时猛烈地摇头表示不同意，这个暗示一开头我没有理解。这时她走到丈夫跟前，把两只手放到他的双肩上。'海瓦特，'她提醒说，'你还根本没问这位先生现在是不是有时间来看你的收藏呢，现在已经中午了。而饭后你得休息一个钟头，这是医生明确嘱咐了的。饭后你让这位先生看你的东西，然后我们一同喝杯咖

_____

① 维也纳著名的艺术陈列馆。

啡，不是更好吗？那时安娜玛丽也在这儿了，她对这些东西很熟悉，可以帮你的忙！'

"这番话她刚一说完，就立即再次背着什么也察觉不到的老人重复那种迫切乞求的手势。我现在懂得了她的意思。我知道，她希望我现在拒绝观看他的收藏，我很快找到一个遁词，说中午有一个约会。如果能够欣赏他的收藏，我当然感到高兴和光荣，但是在三点钟之前几乎不可能了，在此之后我十分愿意。

"他像一个孩子被人夺去了心爱的玩具那样恼火起来，老人转过身来。'当然，'他嘟囔说，'柏林的先生们从来都没有时间的，可这次您一定得花点时间，这可不是三五幅画，这是整整二十七本画册，每一本都是大师的作品，而且没有一本里是有空页的。那就说好三点；可要准时，否则我们是看不完的。'

"他又空无所视地把手伸给我。'您注意，您会高兴——或者恼火。而您越是恼火，我就越是高兴。我们收藏家一向就是这样：一切都弄来给自己，而没有我们给别人的！'他再次有力地摇动我的手。

"老妇人陪我出门。整个时间里我已觉察到她闷闷不乐、畏缩不安和不知所措的表情。刚一走出门口，她完全压低了声音、结结巴巴地对我说：'在您来我们这里之前，是否请您允许……请您允许……我的女儿安娜玛丽去领您前来？……这更好些……更妥当些……您大概是在旅馆用饭吧？'

"'当然，我为此感到非常高兴，乐于从命。'我说。

"真的，就在一个小时之后，我在市集广场旁边旅馆的小饭堂里刚吃完中饭，就走进来一个老气的姑娘，她衣着简朴，用目光在搜寻。我向她走去，介绍我自己，说明我已准备妥当，可以立即动身去欣赏她父亲的收藏。可她突然脸红了起来，像她母亲一样慌乱窘迫，她问我在去之前可否同我谈几句话。我立刻看出来她很为难。每当她要开口说话时，总是十分羞赧，面泛红晕，不安地用手抚弄衣服。最后她总算开始说了，结结巴巴，并且老是一再地慌乱无措。

"'母亲叫我到您这儿来……她把一切都讲给我听了……我们对您有一个请求……在您去我父亲那儿之前，我们是想告诉您，我父亲当然想把他的收藏拿给您看……可是这批收藏……这批收藏……不再是完整无缺的了……

其中少了一些……不幸的是，甚至可以说少了很多……'

"她不得不又停下来喘口气，随即望着我，匆忙地说下去：

"'我必须完全坦率地对您讲……您清楚眼下的时代，您会了解这一切的……战争爆发后父亲的双目就完全失明了。早在这之前他的眼睛就经常犯病，而由于激动终于完全失明——战争开始那年，他虽然已七十六岁了，可还是要到法国去打仗，当军队没有像1870年那样长驱直入，他就可怕地激动起来，于是他的视力就急剧减退，要没有这场变故，他一直还是健壮的，在这之前不久他还能整小时地走动，甚至外出打猎，这是他最喜爱的一种运动。可现在他不能出外散步，他剩下的唯一乐趣就是这批收藏，每天他都得看上一遍……说实在的，他根本不是在看，他根本也看不见了，但他每天下午把画册都拿出来，为的是至少可以用手去摸摸它们，一张接着一张，总是按着固定的次序，这是数十年来他熟记好了的……今天没有什么再引起他的兴致了，我总是给他念报纸上的拍卖价格，他听到价格越高，就越是高兴……可是……可这太可怕了，我父亲对物价、对时代是一窍不通啊……他不知道我们失去了一切，他不知道他一个月的养老金只够两天的生活费用……此外还得加上我妹妹和她的四个孩子，她的丈夫战死了……可我父亲对我们经济上的困难一无所知。开头我们节俭地过，省吃俭用，可这无济于事。于是我们开始卖东西——我们当时不动他心爱的收藏——卖我们有的零星首饰，可是，我的上帝，六十年来我父亲把他省下来的每个芬尼都用在买画上了，我们能有什么值钱的东西呢。山穷水尽，我们不知该怎么办……于是，于是母亲和我卖了一张画。父亲要知道的话，是不会允许的，他不知道境况多么坏，他想象不出在黑市里买一口吃的是多么困难，他也不知道我们被打败了，阿尔萨斯和洛林被割让出去了，我们不再给他念报纸上这一类的事情，免得他激动起来。

"'我们卖了一幅非常珍贵的画，那是伦勃朗的一张铜版蚀刻画。买主给了我们好几千马克，我们希望用这笔钱能过上一年。可是您知道，这钱也太不值钱了……我们把余款存放在银行里，可是两个月后就变得一文不值了。这样我们只得又卖一张，接着再卖一张，而买主汇来的钱老是很迟，等钱到手又不值钱了。随后我们去拍卖行，可在那儿他们也欺骗我们，出的价格是上百万……可是等这几百万马克到我们手就又变成一堆废纸。慢慢地就这样把他那批收藏中最珍贵的卖得一张不剩，用来维持起码的、最可怜不过的生活，而我父亲对此一无所知。

"'因此，当您今天前来，我母亲十分惊慌……要是他给您打开他的画册，那一切就隐瞒不住了……我们把复制品或类似的画塞到画册的旧框里去代替我们卖出的画，这样，他抚摸的时候就不会发觉。当他抚摸和数这些画（每一张的次序他记得非常清楚）的时候，那种喜悦劲和他过去眼睛能看得见的时候一样。在这座小城镇里，父亲认为，没有一个人配看他的宝贝……他怀有一种狂热爱着每一张画，我相信，要是他知道了他手里的这批画早已无影无踪的话，那他会心碎的。这么多年来，您是第一个他要把他的画册为之展示的人。为此我请求您……'

"突然这个女人举起双手，眼里含着泪水，闪闪发光。

"'……我们恳求您……您不要使他不幸……您不要使我们不幸……您不要毁掉他这最后的幻想，请您帮助我们，使他相信他要对您讲述的这些画都还在……要是他猜出了这些画都是假的，那他肯定会死去的。或许我们这样对待他是不对的，但是我们没有别的办法。人总得活下去……人的生命，我妹妹的四个孤儿，这总比画要重要啊……直到今天我们确也没有剥夺掉他的快乐；每天下午有三个小时他翻阅他的画册，同每张画说话，像同一个活人一样。而今天……今天也许是他最幸福的日子，多年以来，他一直等待这么一天，好向一个行家展示他这些心爱之物；我请求您……用举起的双手恳求您，不要毁掉他的幸福！'

"她说的这一切是那样感人，我的复述根本无法表达出万分之一。我的上帝，作为一个生意人，我看到过许多人被无耻地掠夺得一干二净，被通货膨胀弄得倾家荡产，他们宝贵的家私为了换口奶油面包而被骗去。但是这儿，命运创造了另外一番奇特的情景，它使我极为感动。不言而喻，我答应她一定保守秘密，并尽我最大的努力去做。

"我们一道前往。在半路上我又愤慨地得知，别人用区区少数的钱欺骗了这两个穷苦的、无知的女人，这更坚定了我去帮助她们的决心。我们上了楼，还没等我们拉门铃，我就听见从房间里面传出老人高兴的叫喊声：'进来！进来！'盲人的灵敏听觉使他在我刚一上楼时就听到了我们的脚步声。

"'海瓦特今天等着您看他的宝贝，急得连觉都没睡着。'老妇人微笑着说。她女儿的一个眼色就使她安下心来，知道已经取得了我的同意。在桌面上早就摆满了画册，这位双目失明的老人刚一握到我的手，来不及说其他的欢迎词，就抓住我的胳膊把我按在椅子上。

　　"'好了，现在我们马上开始——有好多东西要看呢，从柏林来的先生们没有时间哪。第一本画册是丢勒大师的，您可以看得出来，是相当完整的，一张比一张好，喏，这您自己能判断出来的，您看这一张！'他翻开画册的第一张，'这是《大马》。'

　　"于是他十分谨慎地，就像是触碰一件易碎的物件似的，用指尖小心翼翼地从画册的纸框里取下一张上面什么也没有、发黄的纸张，兴高采烈地把这张废纸摆在自己的面前。他看着它，有好几分钟，实际上他什么也看不见，但他兴奋地用手把这张白纸举到眼前，脸上奇妙地呈现出一个明目人那样的聚精会神的表情。在他那双瞳仁业已僵死的眼睛里霎时间闪出一种明镜般的光亮，一种智慧的光华。这是由于纸张的反射还是内心光辉的映照？

　　"'喏，您什么时候看到过这样一张极为漂亮的画呢？'他骄傲地说，'每一个细节是多么清晰，多么细腻——我把这一张同德累斯顿的那一张做过比较，那一张显得呆板，毫无生气。这儿还有收藏家的一些落款！'说着他把这张纸翻了过来，用指甲准确地指着这张白纸背面的一个地方，这使我不由自主地看过去，看那儿是否真的有什么标记。'这是拿格勒收藏的图章，这儿是雪米和艾斯达依勒的图章；他们，这些著名的收藏家绝不会想到，他们的画有一天竟落到了这间陋室里。'

"当这个一无所知的盲人那样赞赏一张废纸时，我脊背上不禁感到一阵发冷；看到他用指甲尖一丝不苟地指着那些只存在于他幻想中而实际上看不到的收藏者的标志，真使人难过。我觉得嗓子眼儿发堵，不知回答什么好；但当我不知所措地向两个女人望去时，看到了那个颤抖的、激动的老妇人乞求地举起双手，于是我镇定下来，开始扮演我的角色。

"'真是罕见！'我终于讷讷说道，'一张美极了的画。'他的脸立刻由于骄矜而泛出光泽。'这远不算什么，'他得意地说，'您得先看看那张《忧郁》或者《基督受难》，一张着色的珍品，这样的质量再找不出第二份来，您看看吧。'他的手指又轻轻地在一张他想象中的画上比画着。'多么鲜艳，色调多么细腻，多么温暖。柏林的古玩商和博物馆的专家们都会目瞪口呆的。'

"这种狂喜入迷的、喋喋不休的赞赏足足有两个钟头。不，我无法向您描述，看到这一二百张白纸或粗劣的复制品是多么令人难过，但这些白纸和复制品在这个悲惨的、一无所知的盲人的记忆里却是那么真实，他能丝毫不爽地顺着次序赞美着、描绘着每一个细节，十分精确；这看不见的收藏，虽说早已失散得一干二净，可对于这个盲人，对于这个令人感动的、受骗的老人，却依然是完整无缺啊，他幻觉中的激情是那样强烈，几乎使我都开始相信他的幻觉是真实的了。只是有一次他几乎从这种夜游式的状态中被惊醒过来：在他夸奖伦勃朗的《阿齐奥帕》（这一定是一幅珍贵无比的样本）印得多么精致时，同时就用他那神经质的有视觉的手指，顺着印路在描画着，可他那敏感的触觉神经在这张白纸上却感受不到那种纹路。刹那间他的额头笼罩上一层黑影，声音慌乱起来。'这真的……真的是《阿齐奥帕》？'他嘀咕起来，显得有些困惑。于是我灵机一动，马上从他手里把这张纸拿了过来，并兴致勃勃地对这幅我也熟悉的铜版蚀刻画中每一个细节加以描述。盲目老人刚变得困惑的面孔又恢复了常态。我越是赞赏，这个身材魁梧然而老态龙钟的盲人便越是心花怒放，一种宽厚的慈祥，一种憨直的喜悦。'这才真是一个行家，'他欢叫起来，得意地把身子转向家人，'终于有一个懂行的人了，你们也会知道，我的画是多么宝贵了。你们总是怀疑我，责备我把钱都花在我的收藏上，是啊，六十年来，我不喝啤酒，什么酒也不喝，不吸烟，不外出旅行，不上剧场，不买书，我节衣缩食，省吃俭用，就是为了这些画。你们会看到的，等我离开人世时，你们就会有钱，比这个城镇的任何人都有钱，和德累斯顿最有钱的人一样富有，那时你们就会对我的这股傻劲再次感到高兴呢。但是只要我还活着，哪一幅画也不许离开我的家。得先把我抬去埋掉，才能动我的收藏。'

"他的手温柔地抚摸着早已空空如也的画册，像抚摸一个活物似的。这使我感到惊悸，但同时也深受感动，在战争的年代里我还从没有在一个德国人的脸上看到这样完美、这样纯真的幸福表情，站在他身边的是他的妻女，她们与德国大师的那幅蚀刻画上的女性形象那样神奇地相似，她们来到这儿是为了瞻仰她们的救世主的坟墓，站在被挖掘一空的墓穴之前，她们面带一种惊骇至极的表情，而同时又怀有一种虔诚的、奇妙的狂喜。像那幅画上的女人在听耶稣基督的预言那样，这两个上了年纪的、面容憔悴的、穷苦的小资产阶级女人被老人的孩子般的喜悦所感染，半是欢笑，半是泪水，这种场景我从未经历过，它是那样动人。但是老人觉得我的赞赏仍不够似的，他一直不断地翻动画册，如饥似渴地吞饮下我的每一句话。当这些骗人的画册终于被推到一旁，他不情愿地把桌子腾出来供喝咖啡用时，这对我来说如释重负。但我的这种轻松之感，却是针对他那极度兴奋、极为狂乱的快乐的，针对这像是年轻了三十岁的老人的自豪而言的，这使我感到内疚。他讲了许许多多他搜集这些画的趣闻；他拒绝他人的帮忙，不断地站起身来，一再地抽出一幅又一幅的画来，宛如喝醉了酒那样不能自已。最后，当我告诉他我得告辞时，他蓦的一怔，像一个固执的孩子那样满心不悦，气得直跺脚。'这不行，我还一半都没看完呢。'两个女人极力使这执拗的老人理解，他不应该再挽留我了，要不我就要误火车了。

"经过无望的挽留，他最后听从了劝告；在告别的时候，他的声音变得完全温和了。他抓住我的双手，面带一个盲人所能表现出来的全部感情，用手指爱抚地一直摸到我的手腕，像是要更多地了解我，或者是要给予我远非言辞所能表达出的更多的爱。'您的到访使我高兴极了，高兴极了，'他开始激动地说，这激动出自他内心深处，是我永远不能忘怀的，'您对我真的做了一件大好事，使我终于，终于，终于能同一个行家一道欣赏我这些心爱的画册。您会看到，您到一个老瞎子这儿来，并没有白来一趟。这儿，在我的妻子面前，她可以作证，我答应，在我的遗嘱上再加上一个条款，把我的这批收藏委托给您这家老字号负责拍卖。您应该有这份荣誉，支配这批不被人知晓的宝贝。'说到这里他把手轻轻地放在已被洗劫一空的画册上面：'直到它们流散在世上的那一天为止。但您要答应我，印一份精美的目录：这将是我的墓碑上的文字，我不需要其他更好的了。'

"我向他的妻子和女儿望去，她俩聚靠在一起，战栗不时从一个人传向另一个人，仿佛她俩成为一体，协调一致地在抖动。可我有着一种庄重的情感，因为这个令人感动的、一无所知的盲人把他那看不见的、早已无影无踪的收藏当作一批珍贵的财富委托给我支配。我激动地应允了他，可是这允诺是永远不会兑现的。在他那对业已死亡的瞳仁中重又泛出光辉。我觉察到，他有着一种出自心底的渴望，要和我亲近；我感到他的手指是那么温柔、那么亲切地紧握住我的手指，满怀着感激和庄严的情感。

"两个女人陪我向门口走去。她俩不敢讲话，因为怕他灵敏的听觉会听到每一个字；她们望着我，两眼饱含热泪，目光里充满了感激之情。我迷迷瞪瞪地下了楼梯。我真应该感到羞愧，看起来我像一个天使降临到一个穷人之家，由于我参与了一场虔诚的骗局并进行了善意的欺骗，从而使一个盲人复明了一个小时，然而我实际上却是一个卑劣的商贩，来到这里是想从别人手中搞去一两张珍贵的作品。但我从这里带走的远比这要珍贵得多：在这个阴郁的、没有欢乐的时代里，我又一次活生生地感受到了纯真的热情，一种照透灵魂、完全倾注于艺术的狂热，而这种狂热我们的人早就没有了。我怀有一种敬畏的感情——我不能说出别的什么来——尽管我还一直怀着一种我说不出为什么的羞愧之情。

"我已走到了街上，上面的窗户咯吱地响动起来，我听到有人喊我的名字。真的，老人用盲无所见的眼睛在望着估计是我走去的方向，他连这个机会都不放过。他把身子从窗户里探出很远，两个女人不得不费心地扶住他。他挥动手帕，用孩子似的欢快声音喊道：'一路平安！'我永远不会忘记这个景象：窗口里白发老人的一张快乐的面孔，高高地飘浮在马路上愁容满面、熙来攘往、行色匆忙的众生之上，乘着一朵幻觉的白云冉冉上升，离开了我们这个令人厌恶的世界。我不由得忆起了那句古老的至理名言——我想那是歌德说的——'收藏家是幸福的人。'"

日内瓦湖畔的插曲

在日内瓦湖畔，靠近小小瑞士的维诺弗的地方，一九一八年夏天的一个傍晚，一个渔夫把船向岸边划来。他在湖面上发现了一件奇怪的东西，划近一看，原来是一只用几根木棍松垮地捆在一起的简单木筏，上面有一个赤身裸体的男人用一块木板当桨在笨拙地划着。渔夫惊骇地划到跟前，把这个精疲力竭的人拖到自己的船上，用渔网盖住他的下身，随后他试着同这个蜷缩在船上一角冷得浑身发颤的、畏怯的男人攀谈。可是这个人用一种陌生的语言答话，这种语言和渔夫说的没有一个字相同。不久，这个热心肠的渔夫只好作罢，他收起渔网，快速地向岸边驶去。

岸边华灯初上。这个赤身裸体的人的面孔慢慢清晰可见。他那宽大的嘴边满是胡须，脸上泛起孩子似的笑容，举起一只手向对面指着，结结巴巴地说着一个词，听起来像是"露西亚"①，小舟离岸越来越近，这个词说得越来越热烈。渔船终于靠岸，渔夫们的家室都在岸边守望自己的男人。她们观望渔夫的湿漉漉的捕获物，可她们一看出在渔网里的竟是一个一丝不挂的男人时，便慌乱地四下逃散，就像瑙西卡②的侍女发现裸体的俄底修斯的情景一样。慢慢地，村里的一些男人向这稀有的"人鱼"聚拢来，他们随即负责尽职地把他送到村长那里。出于战争期间的直觉和丰富的经验，他立刻就觉察出这个人一定是个逃兵，从湖岸法国那边游到这里来的。于是他公事公办地进行审问，可是这种一本正经的做法很快就失去了严肃的意义和应有的价值，这个一丝不挂的男人（在此期间有几个居民掷给他一件上衣和一条粗布裤子）对任何问题只是重复地、疑问似的说："露西亚？露西亚？"声音越来越畏葸，越来越含混不清。村长对此感到有些恼火，于是以不容误解的手势让这个陌生人跟他走。身边围着一群吵吵嚷

① 俄语的音译，意为俄罗斯。

② 古希腊神话中阿尔刻诺国王的女儿。由于雅典娜的指使，瑙西卡和她的侍女们在河边嬉戏时发现了漂流到该岛的俄底修斯。当时俄底修斯一丝不挂地出现在她们面前，侍女惊得四下逃散。

嚷的年轻人，这个湿漉漉的、光着大腿的男人，穿着一件上衣和一条短裤，被带到村公所去，好在那里把事情弄清楚。这个人顺从地一声不响，只是他那对明亮的眼睛由于失望而变得黯淡无光，他那高耸的肩膀像是在重压之下垂了下来。

这条被捕捞上来的"人鱼"被安置在就近的一座旅馆里。在单调的日子里，这个令人开心的插曲给人们带来了乐趣，一些女人和男人都来这里参观这个野人。一个女人带给他糖果，可是他像个猴子似的多疑，动也不动；一个男人给他照相，所有的人都谈论他，高兴地在他周围七嘴八舌说个不停。终于，有一个曾在外国待过并能说多种语言的饭店老板来到这个惶恐不安的人身边，轮换用德语、意大利语、英语，而最终用俄语问话。刚一听到家乡话，这个惶恐不安的人就抽搐了一下，他那善良的面孔上堆起一片宽厚的笑容，突然间他镇静而直率地谈起他的全部经历。这个故事很长，也很杂乱，个别地方连这个临时翻译也搞不懂，但是这个人的遭遇总的说来还是清楚的：

他在俄国打仗，可有一天，他同成千上万的士兵被装进军车，走了好远好远，随后又被装上船，船走了更长时间，经过一个非常炎热的地区，用他的话来说，热得肉里的骨头都软了。最后他们在一个地方登陆，又被塞进军车，然后向一个山丘冲了上去，随后他什么都不知道了，因为冲锋一开始他的腿上就中了一弹。通过翻译，听众马上就知道了，这个逃兵是属于那个穿过西伯利亚和经过海参崴，越过大半个地球来到法国前线的俄国军团的士兵。这马上激起了人们一种怀有怜悯心的好奇，是什么促使他能够进行这次稀奇的逃亡。这个生性随和的俄国人，面带半是宽厚半是狡黠的微笑叙述说，他的伤还没有好，就问护士，俄国在什么地方，护士把方向指点给他，他通过太阳和星星的位置大体确定了方向，于是就偷偷地溜了出来，夜间走路，白天躲在干草堆里逃避巡逻兵。吃的是采到的浆果和讨来的面包，走了十天，最终他到了湖边。现在开始他的叙述就有些不清不楚了；好像是这个来自贝加尔湖畔的人以为，在晚霞中他眺望到日内瓦湖另一岸的摇曳不定的轮廓，认定那就是俄国。他想方设法从一家农舍里偷了两根木梁，他躺卧在上面，用一条木板做桨，划到湖中间，在那里那个渔夫发现了他。在他结束他的这段糊里糊涂的故事时，他胆怯地提出了个问题，是不是他明天就可以到家，还没等翻译出来，这个愚昧无知的问题先是唤起了一阵哄堂大笑，可随即这笑声变成了一种深切的同情。每个人都塞给这个东张西望、显得手足无措、可怜巴巴的人一两个铜板或几张纸币。

在此期间，一个较高级别的警官从电话中得悉此事，由蒙特沃来到这里，他费了不少气力才就此事写出了一份记录。这不仅是由于这临时的译员无能为力，也是由于这个人的无知无识，西方人对此是难以想象的，可现在总算是清楚了。他对自己的身世，除了知道他名字叫鲍里斯之外，几乎毫无所知；而对自己的家乡，他只能极为混乱地描述个大概，他是麦合尔斯基公爵的农奴（虽然农奴制早已废除好几十年了，可他还是说农奴这个词），他同他的妻子和三个孩子住在离大湖有五十俄里的地方等。现在谈到下一步该怎么办的问题了，一些人开始争论起来，而他目光呆滞地蹲在这群人中间。有些人认为应当把他送交给伯尔尼的俄国领事馆，可另一些人怕这样做他会被重新送回法国；警官在权衡这个问题的严重性，是该把他当作逃兵还是一个无证件的外国人来对待；村秘书立刻排除上面提到的后一种可能性，这要地方上养活一个外来人，还要为他准备住处。一个法国人叫了起来，称人们对这个可怜的俄国兵不该这样顾虑重重，他可以劳动或者被遣送回去；两个妇女激烈地反对说，他的不幸不是由于自己的过错，让人背井离乡到外国打仗，这才是一种犯罪。这个偶然的事件几乎要引起一场政治上的争吵。这时突然一位老先生、丹麦人——在此期间他来到此地——断然表示，他愿为这个人付八天的生活费用，这期间行政当局应同领事馆进行交涉达成协议。这个意想不到的解决办法，使官方之间和持不同意见的个人之间都避免了争吵。

在越来越激烈的争辩中，这个逃兵慢慢地抬起畏怯的目光，老是望着饭店老板的嘴唇，他知道，在这场争论中，这是唯一能告诉他该怎么办的人。他对由于他的出现而引起的这场争吵显得毫无所谓，现在当争吵声平静下来时，他不由自主地在寂静中向老板抬起乞求的双手，就像女人在圣像面前祈祷那样。那令人感动的姿势深深地打动了在场的每一个人。老板亲切地走上前去安慰他，告诉他不要怕，他可以住在这里，在旅馆会有人照料他的。这个俄国人要吻他的手，可老板迅速把手抽了回去。随后老板把邻近的一座小旅馆指点给他，他可以住在那里，有吃的东西，又再次说了几句亲切的话，安慰他；之后老板顺着马路走回自己的饭店，临行时再次和蔼地同他示意作别。

这个逃亡者动也不动地凝视着老板的背影，在人群中间，只有这个人懂得他的语言。他畏葸地躲在一边，一度明亮的脸色又阴沉下来。他眷恋的目光直到老板的背影消逝在位于高处的饭店才垂了下来，对其他人则望也不望。那些人对他的这番举止感到惊奇，笑了起来。其中一个人同情地碰了碰他，让他进旅馆去，他垂下沉重的双肩，耷拉着脑袋走进门去。有人给他打开睡房的房门。他蜷缩在桌旁，女仆把一杯烧酒放在桌子上表示欢迎。他整个上午动也不动、茫然地坐在那里。村里的孩子们不时地从窗外窥视，大声笑着，朝他喊叫，他连头都不抬，一些人走进房来，好奇地观察着他，他目光不动地盯着桌子，弯着腰坐在那里，畏葸、羞赧。中午吃饭的时候，饭堂里聚集着一大群人，笑语喧哗，他周围的人都在高谈阔论，在喧嚣嘈杂的人群中间他又聋又哑地坐在这里时，他的双手哆嗦起来，几乎连用勺子舀汤都舀不出来。蓦地，两行粗大的泪水顺颊滚下，沉重地落在桌上。他畏怯地环望一下四周。其他人看到他流泪，一下子就静了下来。他感到羞愧，把沉重、蓬乱的脑袋越来越低地垂向黑色的桌面。

直到傍晚，他一直这样坐着。人们来来往往，他对此毫无感觉，而那些人也不再理会他了。他坐在火炉的阴影里，本身就像一截阴影，双手沉重地摊放在桌子上。所有的人都把他忘了，没有一个人注意到他在朦胧中突然立起身来，像只野兽似的、闷闷地顺着路向那座饭店走去。走到门前，他手中托着帽子，站在那里，一个钟点、两个钟点动也不动，对谁都不看一眼。在饭店的入口处，光线暗淡，他犹如半截枯树，僵直、黑黝黝地竖在那里，像生了根似的，终于这个奇怪的景象引起了饭店的一个小伙计的注意，他把老板叫了来。当老板用俄语向他打招呼时，他那阴沉沉的脸上又泛起少许的光泽。

"你要做什么，鲍里斯？"老板亲切地问道。

"请您原谅，"这个逃亡者讷讷地说，"我想知道……我是不是可以回家。"

"当然咯，鲍里斯，你可以回家。"被问者微笑着回答说。

"明天行吗？"

这下子老板也变得认真起来。当他听到这乞求的话时，笑容从他脸上消逝了。"不行，鲍里斯，现在还不行。

得战争结束才可以哪。"

"那什么时候？什么时候战争结束？"

"上帝才知道。我们这些人是不知道的。"

"不能早一些？我不能早一些走？"

"不能，鲍里斯。"

"很远吗？"

"很远。"

"得走许多天？"

"许多天。"

"先生，我还是要走！我身强力壮。我不会累的。"

"你没法走的，鲍里斯。这中间还有国境。"

"国境？"他呆钝地望着。这个词他太陌生了。随后他固执地一再说，"我会游过去的。"

老板几乎要笑起来，但这会使他感到难过啊，于是老板和蔼地解释说："不行，鲍里斯，这不行啊。国境，就是另一个国家。他们不会让你过去的。"

"可我并没有得罪他们啊！我早就把我的枪扔了。我哀求他们，看在基督的分儿上，为什么不能让我去我老婆那里？"

老板的心情变得越来越沉重。他感到一阵揪心的痛苦。"不行啊，"他说，"他们不会放你过去的，鲍里斯。现在人都不再听基督的话了。"

"那我该怎么办，先生？我总不能待在这里啊！这里的人不懂得我，我也不懂得他们。"

"这你可以学会的，鲍里斯。"

"不，先生，"俄国人垂下了头，"我学不会。我只能在地里干活，除了这我什么也不会。我在这儿能做什么？我要回家！您指给我路好了！"

"现在没有路，鲍里斯。"

"可是，先生，他们总不能禁止我回家，我想回到我老婆、回到孩子跟前去呀！我现在再不是个大兵了！"

"他们还会要你当兵的，鲍里斯。"

"是沙皇？"他蓦地问道，由于期待和敬畏而浑身颤抖。

"没有沙皇了，鲍里斯。人们把他推翻了。"

"没有沙皇了？"他愁眉不展地望着老板，目光中的最后一丝光泽消逝了，最后他疲惫不堪地说，"那么我是不能回家了？"

"现在还不能。你必须等着，鲍里斯。"

"等多久？"

"我不知道。"

在暗中，他的面色越来越阴沉灰暗："我已经等了好长时间了！我不能再等下去。告诉我路！我要自己试着回去！"

"没有路，鲍里斯。在国境上他们会抓住你的。留在这儿，我们会给你找到活儿干！"

"这儿的人不懂得我，我也不懂得他们，"他固执地重复说，"我在这儿不能过活！帮帮我，先生！"

"我无法帮你，鲍里斯。"

"看在基督的面上，帮帮我，先生！我实在受不了啦！"

"我无法帮你，鲍里斯。现在没有人能帮助别人。"他俩站在那里，面面相觑。鲍里斯转动手上的帽子。"那他们为什么把我从家里弄出来？他们说，我得保卫俄国，保卫沙皇。可是俄国离这儿那么远，你刚才说，他们把沙皇……您怎么说的？"

"推翻了。"

"推翻了。"他似懂非懂地重复了这个词，"我现在怎么办，先生？我得回家！我的孩子在喊我。在这儿我没法活下去！帮帮我，先生！帮帮我！"

"我无法帮助你，鲍里斯。"

"没有人能帮助我吗？"

"现在没有人。"

俄国人把头垂得越来越低，突然间他闷声闷气地说："谢谢你，先生。"随后转身走开了。

他慢步顺路而下。老板长时间地望着他的背影，看到他没有回到旅馆，而是向湖边走去，感到十分奇怪。老板深深地叹了口气，回到自己饭店里去。

事也凑巧，翌日清晨还是那个渔夫找到了一具溺死者的赤裸裸的尸体。死者生前一丝不苟地把送给他的裤子、帽子和外套摆在岸边，然后走进水里。关于这件事做了一份记录：由于不清楚这个陌生人的姓名，只在他的坟墓上竖了一个简陋的十字架，这是那许许多多小型十字架中的一个，它象征着无名者的命运。现在整个欧洲，从东到西、从南到北，到处都插满了这样的十字架。

拍卖行的奇遇

1931 年 4 月，一个奇妙的清晨，天气好极了，空气潮湿，但却又充满了阳光。它像一块软糖那样，好吃得很，香甜、凉爽、湿润和光亮，过滤了的春天，纯净的臭氧。在斯特拉斯堡 [1] 林荫大道的中心，人们惊喜地呼吸着从草原和大海飘来的芬芳。一阵暴雨，那种任性的四月阵雨创造出了这种喜人的奇迹，春天经常是与它们一道以一种极为顽皮的方式宣告它的来临。

我们的火车在半路上朝着昏暗的地平线驶去，它从天空黑乎乎地直切入旷野；直到摩乌附近——这时城郊的房屋像积木般地散落在四周，涂着令人郁闷的绿色广告不断地跃入眼帘，就在这时，坐在我对面的那位上了年纪的英国女人开始整理她的有十四件之多的提包、瓶子和旅行用

---

[1] 法国东北部城市。

具——那种海绵般的，翻滚着的乌云终于爆发了，从埃佩纳起，那铅色的和凶暴的彩云就与我们的火车头在进行一场竞赛。一道小而苍白的闪电是一个信号，随即暴雨好斗般地带着擂鼓似的声音倾泻而下，用潮湿的机枪的火花扫向我们正在行驶的列车。受到沉重的攻击，在嘎嘎作响的声中，窗户上的玻璃在哭泣，火车头屈服了，它那灰色的烟旗垂向了地面。除了扑向钢铁和玻璃的噼里啪啦敲打声，再也听不到什么，再也看不到什么，列车就像一只受折磨的野兽逃避暴风疾雨，在光亮的路轨上行驶。顺利地到了车站，我们站在有顶篷的站台上，等候行李搬运工，这时在灰白的雨棚后面，林荫大道的景色又突然变得明亮起来；一束尖利的阳光用它的三叉戟刺破了正在消逝的彩云，随即照亮了千家万户的房顶，像涂上一层黄铜一般，天空在海洋的蔚蓝色中闪闪发亮。像阿芙洛迪特①从波浪中闪着光泽裸身而出一样，这座城市从雨的罩袍中现身出来。一幅神圣的景象。随即，人们从前后左右躲雨和藏身之地涌向街头，抖落掉身上的雨滴，欢笑着各奔前程。堵

---

① 古希腊神话中爱情与美丽的女神。

塞的交通缓解了，各式各样的老式交通工具都活跃起来，车轮在滚动，嘎嘎声、隆隆声、嘟嘟声，都混成一片；万物都在呼吸着和享受着重现的阳光。就连林荫大道上深深被桎梏在坚硬的柏油路上发蔫的树木，经过这场大雨的滋养和湿润，在清新和碧蓝的天空中绽开了细小尖尖的蓓蕾，并试着散发出少许的芬芳，确也是真的做到了。奇迹上的奇迹：有几分钟人们明显地感觉到了在巴黎心脏中，在斯特拉斯堡林荫大道上，栗子树开花的微弱而畏葸的呼吸。

值得赞美的四月里这一天中的第二件赏心乐事：我一到了巴黎，直到下午都没有约会。在这座拥有四百五十万人口的巴黎，没有一个人知道我，没有一个人在等待我。这就是说，我完完全全的自由，想做任何我想做的事。我能随心所欲，去散步，去闲逛，或者坐在一家咖啡馆读读报纸，或者去就餐，或者去参观博物馆，或者去浏览橱窗，或者去翻阅沿河岸旧书摊上的图书。我可以给朋友打电话，或者我就呆呆地凝视那温煦甜蜜的空气。但幸运的是，我出于博识的本能做了最理性的事：我什么也不做。我没有做任何安排，给自己自由。摆脱掉任何接触的愿望和目的，把我的路放到随意滚动的轮子上，任它滑动到任何地方，这就是说，我随人摆布，随路驱使，我在五光十色岸边的商店徜徉，我疾步地穿过步行道上人的洪流。到最后人群的波浪把我掷到宽大的林荫道[①]上；我惬意而疲惫地坐在位于豪斯曼林荫路和德洛斯大街一角一家咖啡馆外的座位上。

我舒适地倚在松软的靠背椅上，点上了一支香烟，我在想，我又来到了这里，这就是你啊，巴黎！有整整两年之久了，我没有见到我的这位老朋友了，现在我要仔细地看看你，巴黎，开始吧，展示一下从那以后你学到了什么，前进，开始吧，让你的那部出色的有声电影"巴黎的林荫大道"，在我眼前映出吧，这是一部光和颜色的活动，连同成千上万难以数计和不计报酬的道具演员的杰作；还有那不可仿效的，叮叮当当、轰轰隆隆、尖厉呼啸的马路音乐！不要吝惜你的速度，展示出来，你的所能，展现出来，你是何人；奏起你那巨型的奥开斯特里翁琴[②]，与无

---

① 此处的林荫道特指巴士底和玛德莱娜广场之间的林荫大道，时为巴黎著名商业区。——译者
② 一种能模仿各种乐队音色的机械乐器。——译者

调性的，泛调性马路音乐一道。让你的汽车开动起来，让你的摊贩吆喝起来，让那些广告喊叫起来，让你的喇叭轰鸣起来，让你的商店闪闪发光，让你的人跑动起来——而我则坐在这里，睁大了眼睛，有时间也有乐趣，去凝视你，去倾听你，直到我眼花缭乱，直到我的心怦怦跳动。继续下去，继续下去，你不要吝啬，你不要停下来，再来，一直这样，狂放，永远狂放下去，变出花样，越来越多，越来越有新的喊叫新的呼唤，新的喇叭声和扩散开来的声音，它们不使我疲惫，因为我所有的器官都向你敞开，前进，前进，你把一切都献给了我，正如我已准备把一切都献给你一样，你这座无法仿效的，永远新奇和迷人的城市！

随后呢，这个非凡清晨的第三件赏心乐事，因为我业已感觉到神经受到了一种刺激，我又一次产生了好奇心，如通常在一次旅行之后或在一次通宵不眠的夜里那样。在这样一类的好奇心盛的日子里，我就像是多了另一个我，甚至是多了多个的我；我不满我被桎梏的生活，它令我感到压力，从内心感到某种张力，有些像蝴蝶要从蛹中挣脱出来那样。每一个毛孔都伸展开来，每一束神经都弯曲成一个精致的、灼热的小钩，令我变得神奇般的耳聪目明；这种耳聪目明在主宰我，这几乎是一种不祥的清醒，它使我的瞳仁和鼓膜变得格外的锐敏，凡是我目光能及的一切，对我而言都充满了神秘。我能够整小时地观察一个马路工人，看他如何用风镐掘起沥青，仅从这样的观察我就能强烈地感受到他的劳动。他那颤动的双肩所做出的每一个动作都不由自主地传到我的身上。我可以无休止地站在一扇陌生的窗户前面，在设想那个我不认识的人的命运，他也许住在里面，我能整小时地注视某一个行人，并出于毫无意义而又吸引人的好奇心跟在他身后，这同时我完全清楚，在别人看来，我的这种举止完全无法理解，愚蠢至极。而他不过是我偶尔看到的一个人罢了。可这种幻想和乐趣比任何一部上演的戏剧或一本书的惊险篇章都更令我心醉神迷。很可能，这种超等的刺激，这种神经质般的耳聪目明当然是与突然的环境变化有关，只是气压的改变和因此而引起的血液的化学变化的一个后果而已——我从来不想去解释清楚这种十分神秘的亢奋从何而来，但每当我感觉到，我往常的生活就像一抹苍白的晚霞，所有平庸无奇的日子百无聊赖空洞乏味时，只有在这样的时刻我才能完全感受到我的存在和生活的多姿多彩。

也就在值得赞美的四月里的这一天，我坐在扶手椅上，那样精神贯注地、那样兴趣盎然地和焦急不耐地望着河岸边的人的洪流，我在等待着，可我不知道，我在等待什么。我怀着垂钓者那种轻微的、透着寒意的颤抖，等待着鱼漂的抖动；我本能地知道，我一定会遇到某种事情，我一定会碰上某一个人，因为我是那样渴求和神往，去交换一下位置，使自己好奇的乐趣变成一种游戏。但是马路没有向我提供任何东西，我身边熙来攘往的人群半个小时之后就使我的双眼变得疲惫不堪，没有任何一样东西我能看得清楚了，在林荫道上摩肩接踵的人群，我开始看不见他们的面孔了，他们成了戴着黄色的、褐色的、黑色的和灰色的礼帽、风帽、鸭舌帽的一般混混沌沌的洪流；那些未施粉黛和浓妆艳抹的蛋形面孔，一股令人恶心的发亮污水，在蠕动，它的颜色变得单调和灰白。

我的目光疲倦了，有如看一部模糊不清、抖动不止的拷贝已坏的影片一样。我想站起来，继续走动。就在这时，我终于，我终于发现了他。

这个陌生人首先引起我的注意，很简单，就是因为他一再出现在我的视野。在这半个小时里，数以千计的人在我的面前熙来攘往，匆匆而过，就像被看不见的绳索拽走，他们只是匆忙地显露侧面，阴影，轮廓，随后就被洪流裹挟而去。可这个人却一再地，总是在同一个地点出现，因此我就注意上他了。犹如激浪以一种不可理喻的执拗把一片脏兮兮的海藻推向岸边并随即用湿乎乎的舌头又把它舔了回去一样，而这是为了再一次掷去和再一次拽回，这个人就是如此一再地在这个湍流中游来游去。而且每次都在几乎是有规律的时间间隔里和总是在同一个地点出现，并且总是同样地把他的目光垂向地面和遮掩起来。除此之外，出现的这个人没有什么值得注意的了；一个饿得干瘦的身体，裹在一件草黄色的夏季大衣里，显然不合身，因为衣袖过长，双手完全露不出来，它过于宽松，尺寸太大，这件草黄色的大衣式样早已过时。一张消瘦的尖尖的老鼠般脸上，两片几乎是惨白的嘴唇，上面的一撮黄色小胡子像受了惊吓似的在发抖。在这个可怜虫身上一切都不得体，邋里邋遢，肩膀倾斜，瘦长的小丑般的双腿，哭丧的脸。他时左时右从人的旋涡中浮现出来，随之像是不知所措地停下脚步，像只小兔子畏怯地从燕麦地爬了出来窥伺、嗅闻，躬起身来，又在人群中消失不见了。除此——这是第二件引起我注意的事情——这个衣衫褴褛的人使我想起了果戈里小说中的那位小吏，高度的近视或者出奇的拙笨。我一而再，再而三地注意到，他这个马路上的小可怜虫被那些行色匆忙的人群推来推去，几乎被撞翻。但他对此毫不在意，他会卑躬地退让，飞快地躲避到一旁，随后钻了出来，他并且一而再，再而三出现在这儿，或在这仅仅半小时就有十次或十二次之多。是啊，这使我感兴趣，或者更应当说，我先是感到恼火，当然这首先是对自己，我今天在这儿虽然好奇心盛，却不能立刻猜出这个人在这儿要干什么。越是白费力气，我的好奇心就越是恼火。活见鬼了，你这个家伙究竟在寻找什么？你是在这儿等人？你是个乞丐？你并不像，乞丐并不傻里傻气地待在熙熙攘攘的人群中，他们可没有工夫从口袋掏钱给你。你也不是一个工人，因为他在上午十一点时没有机会在这儿懒散地逛来逛去。你更不会是在等一个姑娘，我亲爱的，哪怕是一个老掉牙的婆娘，一个毫无姿色的女人也不会看上一个穷酸相的可怜虫。说到底，你在这儿要找什么呢？也许你是那些黑色导游中的一个，悄悄地从侧面出现，从衣袖里掏出一些淫秽的色情图片，答应外省来的游人，花上一笔费用就能得到索多玛和蛾摩拉①中各式各样的快乐？不，这也不对，因为你不和任何一个人交谈，正相反，你面带低垂的目光畏葸地规避每一个人。真是见鬼了，你这个胆小鬼，究竟是什么人？你在我的这块地段里在搞什么？我把他盯得紧紧的，紧紧的，在五分钟之内，这已变成了我的激情、我的乐趣，想探究出这个身穿草黄色大衣的人在林荫道上要干什么。突然间我知道了，他是一个侦探。

一个侦探，一个穿着平民衣服的侦探，我本能地在一个完全微不足道的人身上就认出来了；那种对每一个从身边而过的人疾速扫上一眼斜视的目光，那种一望就看出来的审视眼神，这是警察在受训的头一年就必须立刻学会的呀。这种目光不是简单的，因为第一它必须像一把刀子那样划开一条缝迅急地从下到上从头到脚扫视一番，一方面用这灼亮的眼睛之火捕捉住此人的音容笑貌，另一方面在内心里要与寻常的罪犯表征进行比对。第二点，这也许还

---

① 此系圣经中两座以淫荡著名的城市。——译者

是最重要的：这种观察要完全装作是漫不经心的，因为跟踪者不能被他人猜到他是密探。

看吧，我的这个人他学的这门课程可说是出色极了。他像一个梦游者那样恍恍惚惚漫不经心地在人的洪流中穿行，被推来推去。但在这期间他总是陡然间张开迟钝的目光，像投出一支标枪，有如按动了一部相机的快门一样。周围好像没有一个人观察到这个在履行公务的人。若是这个值得祝福的四月天不是幸运地成为我好奇心盛地，并且我长时间和恼火地进行窥视的话，那我本人也什么都观察不到的。但不管怎么说，这个秘密警察一定是他的行业里的一位别具一格的高手，因为他懂得极为精致的化装技术；举止、走路、衣着，一身道地的街头流浪汉的破衣烂衫，这些方面都模仿得非常逼真，这对他的跟踪追捕可是不可缺少的啊。通常对于那些身着平民服装的警察，人们从一百步远的距离就能毫不费力地认了出来，因为这些先生无论装扮成什么样，都无法掩盖他们职业尊严露出的一些破绽；他们永远不能惟妙惟肖地装出那种胆怯和惶恐的卑贱猥琐。人在举止上的这种猥琐卑贱那完全是一种本性，是多年来贫穷造成的。但是这个人令人敬佩的是，他这种穷酸相，却是味道十足，神似乱真，活灵活现，对街头流浪汉的面具研究得透透的。那件草黄色的大衣，少许倾斜的那顶帽子，保持某种高贵所做的最大努力，破旧的裤子，磨损的上衣。这一切都显示出他的穷困潦倒。作为一位受到训练的捕人的猎手，他必然是观察到了，贫穷——贪食的老鼠一样——它首先是啮咬每一件衣服的衣边的。这样一类的寒酸衣着也十分出色的、形象的与饥饿的外貌相一致：稀疏的小胡子（可能是贴上去的），刮得乱七八糟，有意弄得凌乱不堪的头发，这使任何一个没有偏见的人都会发誓赌咒说，这个可怜的家伙昨天夜里一定是在公园的凳子上或在警察局的拘留所里度过的。除此还有他那病态性的，用手捂着嘴的咳嗽，冷得龟缩在夏季大衣里的身体，拖着脚步，蹒跚而行，四肢像是灌了铅似的；天神作证：这是一位化妆师艺术家创造出的一幅晚期肺痨的完美肖像画。

我毫不羞愧地承认：我为自己有这样一个出色的机会，在这儿观察一名官方的警探感到高兴；尽管在我情感的另一个层面上，我同时感到自己的卑劣。在这样一个值得祝福的蔚蓝色的日子，置身在四月的和煦阳光中间，我却在这儿观察一个化了装的家伙，以便把他从灿烂的春天阳光中拽入某一个牢房里；虽说如此，我还是激动地去注视他，越来越紧张地观察他的一举一动，并对发现的每一个细节欣喜之极。但蓦然间我发现的乐趣就像冰块在阳光中融化了。因为有些事情不太符合我的判断，我觉得不太对头。我又变得没有把握了。他真的是一个密探？我越锐利地去观察这个奇怪的闲逛的人，我的怀疑就越是厉害。他那做给别人看的穷酸相只是为了化装成一个警探，这太过于惟妙惟肖了，太过于较真了。而首先我第一个怀疑的是他的衬衣领子。不对，这件从垃圾堆捡出来的脏兮兮的东西绝不会用光秃秃的手指把它围到自己的脖子上的。只有在真正穷困潦倒走投无路时人才会这样做的。第二个怀疑的是他的鞋，只有在万不得已时，才会把这类肮脏的，已经完全裂口的皮制破烂叫作鞋。右脚上的那只鞋用的不是黑鞋带，而是用粗糙的绳子系上去的；而左脚的那只开了口，每走一步就翕动起来，就像青蛙嘴那样，不对，人们不会用这样一双鞋来做化装用的道具。完全可以肯定，不再有任何怀疑了，这个衣衫褴褛、蹑手蹑脚的家伙绝不是一个警察，我的判断是一个错误。但是，如果他不是一个警察，那他是什么呢？那他老是走来走去，反反复复，是为了什么？这种从下到上，迅急窥视，四下探望的目光是为了什么？我感到一种愤怒，我无法看透这个人，我最好是抓住他的肩膀：你这个家伙，你要干什么？你这个家伙，你在这儿要搞什么名堂？

可突然间，犹如一把火沿着神经燃烧起来一样，我颤抖起来，它径直准确地击中我的内心深处，我突然间什么都知道了，完全肯定，而且是最终的，不可反驳的。不，他不是侦探，我怎么竟然会那么愚蠢呢？他是，如果可以这样说的话，他是一个警察的对立面：是一个掏包的扒手，一个真正的、名副其实的、训练有素的、职业的、地地道道的小偷。他在这儿的林荫道上要猎取皮夹、手表、女人的手提包以及其他的物件。当我观察到他恰恰是哪儿人群拥挤他就往哪儿去时，我开始准确地断定，他干的是这种营生。现在我也明白了，他故意装作的跌跌撞撞，他向陌生人的身上碰来碰去，是为什么了。我越来越清楚，越来越了解他的用心了。他偏偏在咖啡馆门前，完全靠近交叉路口找了个落脚之处，这不是没有原因的。一个聪明的店主为他的橱窗独出心裁想出了花样；铺子里的商品，如椰子、土耳其糖果、各式各样五颜六色的奶糖，由于缺少吸引力一直不大畅销。店主于是想出了一个精彩的主意：橱窗不仅仅只用假的棕榈树和热带的景物进行富有东方情调的布置，而且在这种南方的景色中放进了三只可爱的小猴子。这真是杰出的主意。这三只猴子在玻璃窗后面肆意打闹，翻筋斗，龇牙咧嘴，相互间捉跳蚤，做鬼脸，出洋相，按着猴子的习性，无拘无束，任性而为。这家精明的老板得其所哉，因为过路人无不拥到窗前驻足观看。特别是那些女人对这种表演高兴得直喊直叫。每当那些好奇的行人密密麻麻聚到橱窗前时，我的这位朋友便不声不响地快速出现在那里。他以温和而又过分谦卑的方式在密集的人群中挤来挤去。

迄今为止，我一直对这种街头盗窃艺术所知甚少，我也从来没有对它有什么研究。可我知道，熙熙攘攘的人群是小偷下手的极好时机，这就如青鱼要产卵那样理所当然，因为只有在相互拥挤相互碰撞时被偷者才觉察不到那只危险的手，那只窃走钱包和怀表的手。但除此之外……我现在才第一次意识到——很显然，为了能顺利得手，需某种物件来分散注意力，来短时间麻痹每个人保护自己财物的那种下意识的警觉性。在这种情况下，这三只猴子做出种种怪相和令人开心的表情，以绝妙的方式分散了人们的注意力。说真的，这几只丑态百出、怪模怪样和赤身裸体的家伙，在不知不觉中就成了我的这位新朋友，这个扒手得力的同谋犯和帮凶。

请原谅我，我恰恰迷恋我的这种发现，因为在我一生中还从来没有见过一个小偷呢。或者更坦率地说，在伦敦求学时，为了学好我的英语，我经常去旁听法庭审判，有一次我正遇上两个警察把一个脸上长着疙瘩的红头发的小伙子押到法官面前。在桌子上放着一个钱袋，这是物证，一两个证人发过誓，然后作证，随后法官嘟嘟囔囔了几句含糊不清的英语，红头发小伙子就消失了。如果我听得不错的话，他被判了六个月。这是我见过的第一个小偷，但不同的是，我当时根本无法证明这个小伙子真的就是小偷。因为只是证人证实他有罪，我也只是旁听了法庭对罪行的重述，而不是目睹罪行本身。我仅是看到一个被告和一个被判有罪的人，没有看到真的盗贼。因为一个盗贼只有在他进行偷盗的时刻才是一个盗贼，而不是在两个月之后，因为他的罪行站在法官面前，这就像诗人只有在他创作时才能真的称得上是诗人，而不是在一两年后他在扩音机前朗诵他的诗作时；作案者唯有在他作案时是作案者，这才是真实的，可靠的。现在我有难得一遇的机会，去窥视一个小偷的最富有特征的时刻，去窥视表现他本性中最最内在的真实，那种稍纵即逝的瞬间，这样的机遇太稀有了，犹如去观察女人的受孕和分娩一样。而就是想到了这种可能性我才激动起来。

我毫不犹豫地决定，不去错过这样一次如此精彩的机遇。不放过他进行准备的细节和作案本身。我立刻放弃我咖啡店前的扶手椅，因为我觉得在这儿我的视野太受限制了。现在我需要一个一览无余的，一个所谓可以活动的位置，从那儿能不受妨碍地进行窥探；几经试验，我选中了一个商亭，上面贴满了巴黎各家剧院五颜六色的广告。在那儿我能装作细心看广告的样子，不会被人注意，在此期间我却能在圆形的柱子保护下不无巨细地注视他的一举一动。我带有一种我自己都无法理解的执拗去观察这个可怜虫所干的困难而又危险的营生；我关注他，就我所能记起，这比我在剧院或在一部电影中关注一位艺术家还要紧张呢。因为现实在其最丰富多彩的时刻超越和高出任何一种艺术形式。现实万岁！

在巴黎的林荫大道上，从上午 11 点到 12 点的整整一个钟头的时间对我而言真的就是短暂的一瞬，因为它充满了持续的紧张感，无数的微小的激动人心的决断和偶发事件；我可以一连几个小时来描述这一个小时，它充满了神奇的能量，它借助其赌博的危险性而引人入胜。直到今天我还从来没有，即使在相似的情况下，也没有想到过，这样一种非常困难和几乎难以学到的技艺，不，在宽大的马路上，在光天化日之下，去掏包偷钱是怎样一种可怕的，紧张得使人恐怖的艺术。直到今天，在我的想象中，小偷只不过是一种胆大妄为和技艺娴熟的模糊不清的概念罢了，我认为这门手艺实际上仅是手指的功夫而已，与玩杂耍或变小魔术没有什么两样。狄更斯在《雾都孤儿》中曾描写过一个小偷师傅教一些小孩子怎样把一条手帕从上衣里不被察觉地掏出来。在上衣的口袋上挂着一个小铃铛，当这些新手把手帕从口袋里偷出小铃铛响了起来时，那这次扒窃就是失败，是太笨拙了。但是我现在才觉察到，狄更斯注意的只是这种营生的粗糙的技术层面，只是指法的艺术。或许他从来就没有观察过一个实地作案的小偷，或许他从来就没有机会（如现在我通过一种运气偶然得到的）发现，一个在光天化日下进行作案的小偷，不只是需要一只灵活的手，而且也要有一种深思熟虑的精神力量，要有自我控制的能力，一种训练有素的、同时是冷静的和像闪电般迅速的心理素质，尤为重要的是一种异乎寻常的、疯狂般的胆量。在经过六十分钟的实地学习后，现在我明白了，一个小偷必须具有一个外科医生在进行心脏缝合手术时的那种决断敏捷，任何一秒钟的迟疑不决都会是致命的；但在进行这样一种手术时，病人躺在那儿至少是要进行氯仿麻醉，他无法活动，不能反抗；而这儿的情况呢，这种轻微而突然的触动必须是在一个人完全清醒的身体上进行，而人身上放钱包的部位恰恰格外的敏感。当小偷在进行作案时，当他把他的手闪电般伸出时，恰恰是在作案最最紧张最最激动的瞬间，他必须同时要完全控制他脸上的全部肌肉全部神经，他必须表现得淡定，几乎近似漠然。他不可以流露出他的不安，不可以像凶手、杀人犯在他用刀子作案的同时，瞳孔里映射出他捅刀子时的残暴表情。一个小偷把他的手伸向猎物时，他必须面带和善的目光，在相互接触的当儿，要谦恭的用漫不经心的语调说声"对不起，先生"。在作案的瞬间仅有聪明、清醒和机敏还是不够的；之前他要明白，他必须有渊博的知识和识人的能力，他必须要以一个心理学家和生理学家的"身份"对他的猎物进行考察。因为只有漫不经心和轻信不疑的人才在考虑之内，而在这样一些人之中仅有那些上衣没有结上纽扣的人，那些步履缓慢的人，那些他可以不被察觉就能靠近的人，才是真正的对象。我在这段时间数过，马路上有成百上千人，在他们中间也不过一两个人是真正的猎物，不会更多。只有在极少的对象身上，一个明智的小偷才敢于作案；而在这类人身上动手少有失败，即使是有，那还是由于数不清的偶然性影响造成的，且多在最后几分钟才放弃作罢。丰富的人生阅历，警觉性和自我控制对这门营生是十分必要的（我能证明这点），因为也要考虑到，小偷在他用紧张的感官必须选择和靠近的猎物的期间，同时必须用他那些强力痉挛起来感官中的另一个感官去关注，他在作案的同时不被他人看到。不管是在街角上窥视的一个警察或是一个侦探，或者是那些总是在大街上游来逛去的好奇心盛的路人之一；他必须经常是眼观六路，看是否他的手在匆忙中会因橱窗的映射而露出马脚，是否有人从一个店铺或在一扇窗户里在监视他的行动。他付出的努力是巨大，可这与危险相比几乎不成比例；因为一次错误，一次失手，那就得有三年或四年的时间再见不到巴黎的林荫大道了；手指的轻轻一次颤抖，匆忙中神经质般的一次触动，那就要付出自由的代价。光天化日下，在一条林荫路上行窃，我现在才知道，这是一种最最勇敢的壮举。从此以后，每当报纸把这一类盗窃行为当作无足轻重的小事，给罪犯很小的版面和寥寥三行文字时，我觉得这是不公平的。因为在我们这个世界上，在所有被允许从事的和不被允许从事的技艺中，它是最最危险、最最困难的技艺之一：从它的最高的成就而言，几乎有权称自己是艺术。我可以这样说出来，我能够证明这一点，因为在四月里的这一天，我曾经亲自经历过，我亲自感受过。

感同身受，这绝不是夸张，当我这样说时，那是因为一开始，在最初几秒钟我对这个人在干的这种营生仅是冷静的纯事物性的观察而已；但每一次心怀狂热的观察都会不由自主地激发起情感，一再地与情感联结起来，就这样我开始逐渐与这个小偷合二为一了；在某种程度上我已进入他的肌肤，进入他的双手，我从一个旁观者变成他灵魂上的一个同伙，为什么会这样，连我自己也不知道，也不想这样做。这种转变的过程一开始，是我在一刻钟的观察之后，令我惊异的是，我已在衡量那些路人中间有谁是适合下手，有谁是不适合下手的猎物。他们上衣是扣上的还是敞开的，他们的目光是漫不经心的还是警觉的，他们贴身的钱包是否能轻易到手。一句话：他们是不是我这位新朋友的目标。不久我甚至不得不承认，在这场开始进行的斗争中我早不再是中立的了，而是从内心上就已经无条件地渴求他的作案最终能够得手。是呀，我甚至不得不费力去遏制那种帮他作案的急迫愿望。正如赌客身边一个喜欢饶舌的旁观者总是热心地用胳膊轻轻地去触动赌客，警告他注意出牌一样，我现在恰恰就是这样的猴急。当我的朋友错失一个极好的机会时，我便递眼色给他：别放过那边的那个人！就是那儿的那个胖子，他抱着一大束鲜花。或者，当我的朋友又一次在拥挤的人群中出现时，意想不到在街拐角出现了一个警察，我觉得我有义务去警告他，因为这时惊恐已深入我的双膝。好像我已经被抓住了一样，我感觉到警察的沉重手掌已拍到他的肩膀，已拍到我的肩膀。但是，不用担心了！这个消瘦的汉子又重新堂而皇之和若无其事地从人群中走了出来，且从危险的岗亭旁走了过去。这一切够紧张的了，而这还不够刺激呢，因为我越是深切地与这个人感同身受，越是从他二十次失败的作案尝试中开始理解他的这门技艺，我就越是变得焦急万分。他为什么还不动手，而总只是在考察在尝试？我开始对他愚蠢的迟疑不决和一再的规避退缩真的恼火起来，活见鬼了，你倒是动手呀，胆小鬼！鼓起勇气！就是那边的那个人，那边的那个人！你终归是要出手呀！

幸运的是我的朋友并不知道也没有想到，我对他怀有的这种不受欢迎的关切，不会因我的焦急而惶乱失措。因为这就是真正的久经考验的艺术家与新手、半吊子和门外汉之间的区别，艺术家出于无数的阅历和每一次真正的成功之前遭受到的那些必然的失败，知道他在等待和耐心之中才会获得决定性的良机。完全像诗人在创作时那样，他毫不在意地放弃成百上千个表面看来是诱人和完美的念头（只有那些半吊子作家才会立刻就用鲁莽的手抓住不放），以便倾其全力用在最后的一击上。这个瘦小虚弱的人让数以百计的机会随意溜走，而我在这门营生中是半吊子、门外汉，却把它们看作难遇的良机。他在考察，他在尝试，他在盘算，他靠近人群。他的手肯定不下百次地触动陌生人的口袋和大衣。但他却一次也没有动手，他毫不疲倦地耐着性子，装作是漫不经心的模样，在离橱窗几步的距离转来转去，目光警觉，斜视周围，审视各种可能，衡量在我这个新手根本就看不到的危险。这种平静的、匪夷所思的坚持虽令我焦躁，却又兴致盎然，使我有把握感到他最后必然成功。因为恰恰是他的那种韧劲表明，在他没有得手之前，他是不会放弃的。正因此我下定决心，看不到他的胜利，我是不会先一步离开的，哪怕是一直等到深夜。

已经是中午时分，是人潮来临的时刻，突然间从所有的大街小巷、楼梯和庭院，一股股人的溪流涌向林荫大道宽广的河床。工人、缝衣女工、售货员和无数被关在三楼、四楼、五楼作坊的人都一下子从工作室、工厂、办公室、学校和事务所里冲了出来。他们像一股昏黑的浮动的蒸汽一样冒出，随之在马路上分散开来。穿白色衣衫和工作服的工人，三五成群的女店员，连衣裙上别着紫罗兰花朵，她们叽叽喳喳说个不休，身着鲜亮礼服的小官吏，腋下挟着皮包，行李搬运夫，穿蓝色军装的士兵，以及大城

市里的形形色色人等。这些人长时间，太长时间坐在令人
窒息的房间里，现在他们要活动一下手脚，摩肩接踵，熙
来攘往，贪婪地呼吸空气，吸香烟，喷云吐雾，在一个钟
头的时间里，马路上由于他们同时的出现，而像是喷射出
充满欢乐生机的火光。因为也只有一个钟头，随后他们又
得回到关闭的窗户里，开动车床或者缝衣机，坐在打字机
前敲动键盘，计算一行行的数字，或者印刷或者剪裁或者
制鞋。他们身上的肌肉知道这一点，于是他们才如此纵情
欢乐；他们的灵魂知道这一点，于是他们才如此恣意享受。
这时刻是短暂的啊。他们贪婪地攫取和捕捉光明和快乐，
凡是一种真正的乐趣和一种快意的玩笑，他们都趋之若
鹜。毫不奇怪，首先展出猴子的橱窗就有力地满足了这种
免费娱乐的愿望。人们饶有兴趣地围拢在玻璃窗前面，靠
前的是那些女店员，她们的吵吵嚷嚷，就像从一个嘈杂的
鸟笼里发出的尖厉的叽叽喳喳声。与她们挤在一起的是那
些工人和游手好闲的混混，他们口吐脏话，动手动脚；围
观的人越来越拥挤，形成紧紧的一团。这时我的朋友身穿
草黄色的外衣，像一条小金鱼一样，活跃而迅疾地在人群
中游来游去。现在我不能长时间停留在我这个不利的观察

点上了，当务之急我要从近处清晰地去关注他的手指，以便去熟悉这门营生中令人兴奋的动作。但这可是要付出极为艰巨的努力，因为这条训练有素的"猎犬"有一种特殊的技能，他变得滑不溜肌的，像条鳗鱼一样，能从拥挤人群中的极小缝隙中穿过去。刚才他还安静地候在我身旁，可现在他突然间消失不见了，而就在这同一瞬间他已经挤到玻璃窗前，居然一下子就穿过了三四排人。

我当然要随在他身后挤过去，因为我怕在我到达橱窗前时他又以他惯有的出没无常、时左时右的方式消失不见。但不，他在那儿非常安静，安静得出奇地在那儿等待。要注意啦！他一定在转换念头，我立刻告诉自己，要留心观察他身边的邻人。站在他身旁的是一个胖胖的妇女，看起来是一个穷人。她右手亲切地挽着一个十岁模样的面色苍白的女孩，左手拿着一个敞口的廉价皮制购物袋，两根长长的白色面包棍，随意地竖放着，露出一端。很显然，购物袋里的食品是她丈夫的午餐。这个老实的普通女人，没戴帽子，围着一条刺眼的头巾，身穿一件自己缝制的方格印花布连衣裙。她为猴子的嬉闹高兴得难以形容，她的宽大得几乎显得肿胀的身体由于大笑而颤抖起来，这使购物袋中的两根面包上下跳动不已。像被挠痒一样，她咯咯的大笑，笑得前仰后合，很快她就同那些猴子一样，给了人们同样的快乐。在生活中很少享受到这种难得一见的欢乐场景的人，他们都心怀本性中那种质朴的乐趣，心怀极大的感激：啊，只有穷苦的人才会有这样真正的感激；只有他们，当他们不花费一个铜板，就像上天所赐的那样，对他们而言，这才是享受中的最高享受。这个善良的女人俯下身来问孩子，他是不是看得清楚，别错过猴子的滑稽场面。"好好看，玛格莱塔。"她带着浓重的南方口音一再地鼓励面容苍白的女孩，显然在陌生的人群中孩子羞于大声地欢笑。端详这样一个女人、一位母亲真是令人高兴，她是大地女神盖娅的女儿，法兰西民族健康快乐的丰硕果实。这位杰出的女性，为了她那开怀的、欢快的、无忧无虑的欢乐，能拥抱她该是多好。但突然间我有了点不祥之感。因为我注意到，那个身穿草黄色外衣扒手的衣袖在越来越靠近那个无忧无虑女人敞了开来的购物袋（只有穷人才是无忧无虑的）。

上帝啊！你不是要偷这个穷苦诚实的，这个无比善良和快乐的女人购物袋里的钱包吧？突然间我心头涌起了愤懑。迄今为止我一直心怀快乐地在观察这个偷包贼，出之我的肉体，出之我的灵魂；我在想，在感受，在希望，甚至祈愿，在他投入巨大的勇气，付出努力，冒着风险，最终能取得一次小小的成功。但是现在我开始不仅在注视他偷窃的企图，而且也注视那个被偷的人，这是一个朴实得令人感动，无忧无虑得令人愉悦的女人。她也许花上几个小时打扫房间和擦洗楼梯才能赚到几个铜板。我感到愤怒了！你这个家伙，滚开！我真想对他大喊一声，不要碰这个女人，去找别的人！于是我竭力地挤到前面，靠在这个女人的身边，保护那个面临危险的购物袋。但恰恰在我往前挤的当儿，这个家伙却转过身去，从我身边一滑而过。在他擦身而过时，他告罪地说"请原谅，先生"，声音非常细微而谦卑（这是我第一次听到他说话），随之那身草黄色外衣就从人群中溜走了。我不知道这是为什么，我有这样的感觉：他已经得手了。现在我可不能让他从我的眼前溜掉！我身后的一位先生骂了我一句"野蛮人"，因为我狠狠地踩了他的脚。我从熙熙攘攘的人群中挤了出来，正好来得及看到那件草黄色大衣从林荫道的拐角飘动进入旁侧的一个巷子。我现在跟在他的后面，跟住他！紧紧盯住他的脚跟！但是我得加快我的脚步，我开始几乎不相信我的眼睛，因为这个人，我有一个小时在观察'也的这个人，陡然间变成另一个样子。先前显得畏葸不安，几乎是昏昏沉沉，甚至是跌跌撞撞，而现在却轻快得像一只黄鼠狼，沿着墙边匆忙得有如一个消瘦的公务员误了汽车，迫切地想及时赶到办公室一样，步调显得惶惶不安。我不再怀疑了，这正是行窃得手后的脚步，是想尽快不惹人注意地离开作案地点的第二种脚步。不，毫不怀疑了；这个流氓从购物篮子里偷走了这个穷苦女人的钱包。

在我一开始发火时，我几乎想发出警告：抓小偷啊！但我缺乏勇气。因为不管怎么说，我并没有看到他进行盗窃的事实，我不能事先认定他犯有罪过。抓住一个人并以上帝的名义扮演法律的角色，这是需要一种勇气的呀，可我从来缺少这样的勇气，去指控去告发一个人。我知道得很清楚，在我们这个混乱不堪的世界，所有的正义都是有欠缺的，从一种存疑的单一事件中去把握真相，那是怎样的傲慢专横。但正当我还在思考该怎么办时，令我为之惊愕的事情发生了：这个奇怪的人在不到两条马路远的地方蓦地迈着第三类脚步出现了。他一下子停下快速的奔跑，不再佝偻身子，而是突然变得十分平静，泰然自若，像是信步而行的样子。显然他知道他已跨过了危险地带，没有人跟踪他了，这就是说没有人能抓他了。我明白了，在高度的紧张之后他要轻松地呼吸，他是一个退了休的小偷，是他的这项职业的一个享受养老金的人，是巴黎成千上万人中的一个，可以嘴叼起一支燃起的香烟平静泰然地漫步在巴黎的碎石路上；这个瘦弱的人毫无罪疚之意，踱着悠然、舒适和懒散的步子朝着德安丁大街走去。我第一次有了这样的感觉：他甚至对过路的女人和姑娘的娇美进行仔细地观赏，和寻找接近的机会。

这个老是有出人意料之举的人现在要到哪儿去？看见了吧：他到了三一教堂前那个一片新绿、鲜花盛开的小广场，为什么？啊，我懂了！你要在一条长凳上好好休息几分钟，为什么不呢？这种不断地来回奔波一定是够累的了。可不是这样，这个令人不断惊奇的人并不是去坐到一个凳子上，而是看准了目标直奔向——我现在请求原谅——一个专供公众解手用的小房子，进去后他谨慎地关上了那扇大门。

在最初的一瞬间我忍俊不禁：这样一种艺术竟然会终

结在一个如此平庸的地方？或者恐惧竟然直沁入你的五脏六腑？但是我又看到了，永远喜欢恶作剧的现实总是能找到令人愉悦的花样，因为现实比那些善于虚构的作家更为勇敢。现实敢于毫无顾忌地把异乎寻常与卑微可笑并列在一起；心怀叵测地把普通的人性与令人惊奇的人性并列在一起。就在我坐在一个长凳上——除此我能做什么呢——等待他从这间灰色小房里再度现身时，我明白了，此种营生中的这位行家里手，当他独自处在四面墙内时，在里面只能是合乎逻辑地干他这门行业中该干的事情，清点他的收获；因为这对一个职业扒手而言，他必须及时地考虑到，把他所有的证据完全清除干净。这是我们这些外行人根本就没有考虑到的难题（这一点此前我从来没有想到）。在一座永远警觉的、有千万双眼睛在窥视着的城市，很难找到这样一个地方，躲在四堵墙里。如果有人难得地读到法庭审讯记录时，那他每一次都会惊奇，在一次最微不足道的事件中都有许多证人出场作证，他们有魔鬼般的精确的记忆力。当你在马路上撕碎一封信，把它扔到路旁的泥坑里时，那会有十几个人在盯着你，而你却浑然不觉；五分钟之后，还会有某一个无所事事的年轻人或者是出于开玩笑，就把这些碎片拼在一起。如果你在楼道里检查了一下你的钱包，那明天这个城市的某一个你根本就没有看到过的女人就会跑到警察局声称自己失盗，对你进行了一番细致入微的描述，像是巴尔扎克一样。当你进入一家餐馆时，你根本就未加理睬的侍者就会注意到你的服装，你的鞋、你的帽子、你的头发颜色和你的指甲的形状是圆的还是平的。在每一扇窗户后面，在每一面橱窗的玻璃后面，在每一个更衣间后面，在每一个花盆后面，都有几双眼睛在盯着你；当你天真地以为，你是独自一人在马路上信步而行，无人对你注意时，那儿到处都有非专业的证人在场。这是由好奇心织成的疏而不漏，每日更新的一张网，它罩住了我们的整个存在。你这个娴熟的艺术家，花费了五个铜板 ①。在这四面不透亮的墙里待上几分钟，这是多么精彩的主意。当你从偷来的钱袋中把钱掏出并把物证毁掉时，没有人能看得见，甚至是我，另一个你，一个在这儿等候的同路人，他既为你感到高兴也同时为你感到失望，他无法计算你偷了多少啊。

---

① 巴黎的公厕是要付费的。——译者

至少我是这样想的，但事情的发展却是另一个样子。因为当他用细长的手指一打开那扇铁门时，我就知道他这次失败了；有如我与他一道清点过钱包一样，这次所获太微不足道了！他沉重地移动脚步，一个疲惫不堪、精疲力竭的人，目光低垂无力，眼皮耷拉下来，我一看这个样子马上就知道了：倒霉蛋，你这整个一上午算是白费劲了。

毫无疑问，在你偷来的钱包里没有什么可称道的（我若是事先告诉你就好了），顶多不过有两三张揉得皱巴巴的十法郎票子罢了，你在这次行动中所投入的巨大精力和所谓被打断脖子的风险与你的所获相比太微乎其微了；只是那个不幸的女人，却是痛心疾首呀。她现在也许在伯来维尔区①不断地向女邻居哭诉她的不幸遭遇，咒骂那个该死的小偷，一再地用颤抖的双手抖搂她那购物袋。他这个可怜的小偷同样如此，我看出来了，这次行窃是一次失败，几分钟之后我的推测就已得到证实。这个可怜虫现在是神形俱疲，在一家小鞋店前面他停下了脚步，长时间渴望地打量橱窗里那些廉价的鞋子。一双鞋，一双新鞋，他

---

① 此系巴黎一个穷人区。——译者

真的需要一双新鞋来换掉脚上那双破鞋。他比成千上万的人更迫切地需要，那些人今天都穿着漂亮的、全皮底鞋或轻松胶底鞋，在巴黎大街上游来逛去。而他急迫的需要恰恰是为了他的这种并不光彩的营生。但他那种既渴求而又绝望的目光暴露出了，橱窗里标价五十四个法郎崭新锃亮的鞋，他的这次所获是买不起的。他垂下铅灰色的双肩，躬身离开明亮的玻璃橱窗，继续前行。

继续，往哪？再去干那种会被扭断脖子的勾当？再一次为这样一种可怜的、寥寥无几的所得而去冒失去自由的危险？不，你这个可怜人，至少要休息一会儿嘛。真的，当我正被自己的希望所吸引时，他现在趔入一个巷子，在一家廉价的小饭馆前停下了脚步。我当然要跟在他的后面了。因为我要知道这个人的一切，到现在已经有两个钟头了，我一直是血管偾张，神经绷紧，与他同呼吸共命运啊。为了小心起见，我还迅即为自己买了一份报纸，以便用它遮住自己，我特意地把帽子压到额头，进入饭馆，坐在他后面的一张饭桌旁边。但是我的这种小心没有必要了，这个可怜人再没有力气心怀好奇地左顾右盼。他用一种呆滞的目光，渴求和疲惫地凝视着白色桌布，直到侍者送上面包时，他那瘦骨嶙峋的双手才活了，贪婪地扑向面包。他开始咀嚼起来，其速度之快使我惊愕地认识到了：这个可怜人饿了，一种真正的、名副其实的饥饿，从清晨，也许是从昨天就一直饥肠辘辘。当侍者给他送来他订的饮料，一瓶牛奶时，骤然间我对他产生的怜悯之情变得炽热起来。一个小偷，一个喝牛奶的小偷！总有一些细微琐事会像一根燃起的火柴一样，一束火光就能照亮一个灵魂的深处；在这一瞬间，当我看到他，这个偷包贼，在喝所有饮料中这种最最朴素的、最最单纯的饮料时，当我看到他喝柔和的牛奶时，我就知道了，对我而言，他立即就不是一个小偷了。他只不过是这个扭曲世界里无数的穷苦人、被追逐的人、患疾病的人和不幸的人中的一个而已。我突然间感到除了那好奇心之外，我与他在一种更深的层次上联在了一起。在共同的世间所有形式中，在赤裸身体时，在严寒酷暑中，在睡眠中，在筋疲力尽时，在肉体遭受磨难时，把人区分开来的东西就消失了，把人类分为有德者和不义者，分为圣贤和罪犯的人为范畴就不存在了；剩下的就是可怜的野兽，永远是野兽，尘世上的生物，会饥渴，需要睡眠，知道疲倦，像你和我，像所有人一样。

在他小心翼翼地，却又是贪婪地饮用浓牛奶并最后还将面包屑吃得精光的当儿，我像着魔似的看着他，这同时我为自己的这种观望感到羞愧，到现在我已经有两个钟点就为了我的好奇心，像关注一匹赛马一样任凭这个不幸的被追逐的人沿着他那条黑暗的路跑下去，而我没有设法去阻止他或者去帮助他。一种难以衡量的渴望攥住我，想走到他的面前，与他交谈，给予他点什么。可怎么开始呢？怎么与他交谈呢？我在斟酌，我在寻思如何开口，找一个借口，可毫无结果，这使我痛苦至极。我们这类人就是这个样子。在需要作出一种决断时，想的倒是大胆，可做起来却瞻前顾后，畏畏缩缩，连打破隔开人与人之间那层薄薄空气的勇气都没有，甚至是当你知道他处于悲惨境地时也是如此。但是每一个人都知道，去帮助一个并没有要求帮助的人是最困难的了，因为在这个没有要求帮助的人，最后他还占有他的最后财富：他的自尊。这是人们不可以去大加伤害的。只有乞丐会使你在施舍时感到轻松，为此你应当去感激他们，因为他们不会对你表示拒绝。可这个人却是一个傲慢型的人，他宁愿冒失去个人自由的危险而不去乞讨，宁愿去偷而不去领救济。如果我找某一个借口，愚蠢地走到他眼前，那不会是对他的一种灵魂上的谋杀吗？他那样困顿劳累地坐在那里，任何一种干扰都是一种粗暴之举。他把座椅推到墙壁，使身体紧靠在椅背，头倚在墙上，垂下铅灰色的眼睑，一会儿便闭上了眼睛。我明白了，我感觉到，他现在最想的是睡一觉，十分钟，哪怕只有五分钟。恰恰此时我感受到了他的疲惫不堪，他的筋疲力尽。难道他脸上的苍白不就是一间灰白的囚室的白色阴影吗？衣袖每次活动都会露出的窟窿不就是表明他没有得过一个女人的关怀和良好的际遇吗？我试图想象他是怎样生活的：在某一栋带有阁楼的楼房里，一间没有取暖设备的房子，里面有一张肮脏的铁床，一个有裂纹的脸盆，一个小箱子，这是他的全部财产；在这样一个狭小的房间里还得时时心怀恐惧，唯恐听到警察踏上嘎嘎作响楼梯发出的沉重脚步声。在这两三分钟里，我看到了这一切，他憔悴困乏地把瘦骨嶙峋的身体和已泛灰白的脑袋倚靠在墙上。这时侍者已经在引人注意地拾掇用过的刀叉，他并不喜欢这一类晚来和乏味的客人。我第一个站了起来付账，快速地走了出来，避免与他的目光相遇。几分钟后，当他出现在马路上时，我跟了上来；我要不惜代价，不再让这个可怜人沉沦下去。

现在不再是把我紧紧束缚住的一种好玩的和刺激神经的好奇心了，像上午那样；不再是去想见识一种我不熟悉的营生的那种异样的乐趣了；现在是一种阴郁的恐惧，直提到了嗓子眼上，一种可怕的压抑的情感；当我看到他又一次走上林荫大道时，这种压力使我透不过气来。上帝保佑，你不是要再次到展出猴子的橱窗那儿去吧？不要做傻事！你要考虑呀，那个女人早就报告警察局了，她肯定还在那儿等着呢，会立刻就抓住你的薄薄大衣不放的！说真的，你今天不要干了！别再去尝试了。你不在状态，你已经没有精力了，没有热情了，你累了，在艺术活动中一开始就显得疲惫，那做起来永远是糟糕的。你最好是休息，躺在床上，你这个可怜人，今天什么都不要做，就是不要今天去做。我无法解释，为什么我竟然有了这样的恐惧思想，为什么会产生一种幻觉，肯定他在今天第一次下手就必然被抓住。我的这种忧虑变得越来越强烈，当我们越来越接近林荫大道时，我就听到那里人声鼎沸，一片喧嚣。不，决不要再到那面橱窗前面，我不允许，你这个傻瓜！我紧张地跟在他的身后，准备伸手抓住他的衣袖，把他拽回来。但他好像懂得了我内心发出的命令，这个人意外地转了个方向。在林荫大道面前的德洛奥大街，他穿过车行道，步调突然变得坚定起来，好像那儿有他的家，他似在回家一样。我立即就认出了这栋楼房：特洛奥饭店，巴黎著名的拍卖大厅就在里面。

我为之一怔，我不再知道，这个令我诧异的人还要我吃多少次惊呢。在我努力去猜度他的生活时，我必须同时去迁就他身上一种满足我秘密愿望的力量。在巴黎这座陌生的城市中，我今天早上原本就打算去参观这样一座建筑，因为它总是能使我度过令人激动的增长知识同时又是乐趣盎然的几个钟头。它比一个博物馆更为生动，每时刻变幻不定，总是异样总是同一。我特别喜欢这座外表不显眼的特洛奥饭店，它是一件最美的展示品，因为它以最最惊讶的简化方式表现了巴黎生活的整个本相。通常在一幢住宅中连为一个有机整体的，在这里却分割和消解为无数个单一的东西，就像一间肉铺中一个硕大的野物被切割开来的身躯一样，最陌生的和最不相容的，最神圣的和最平庸的在这里通过最最普通的一种东西而联系起来：这儿展示出的一切都会变成钱。床和耶稣受难十字架，帽子和地毡，钟表和洗漱用品，乌敦①的大理石雕像和黄铜餐具，波斯微型艺术品和镀银的烟灰缸，陈旧的自行车，与之并排在一起的有保尔·瓦勒里②的初版诗集，唱机与哥特式的圣母像，凡·戴克的画依次挂在墙上，旁边是脏兮兮的油画、贝多芬的奏鸣曲，紧靠在一起的是破旧的火炉，有用的和多余的物件，拙劣的作品和价值非凡的艺术品，伟大的和渺小的，真实的和虚假的，新的和旧的；凡是由人的双手和人的才能所创造出的一切：最崇高的和最愚笨的，都流入这家拍卖行。它冷酷无情的把这座巨大城市的全部价值吸了进去并吐了出来。在这座残忍的、把一切价值都变为钱币和数字的转运场里，在这座人的虚荣和需求的巨大的杂货市场里，在这个奇妙的场地，人们能比在任何一个地方都更强烈地感受到我们这个物质世界的混乱庞杂。窘迫者在这里可以出售一切，富有者可以购买一切，但在这里人们不仅能买到物品，而且也能增长阅历和知识。在这里一个留心者能通过观察和谛听更好地理解每一

①让－安东尼·乌敦（1741—1828）：法国雕刻家。——译者
②法国象征派诗人。——译者

种事物，艺术史的知识、考古学、图书馆学、集邮、钱币学，还有重要的是人类学。正如在这座大庭中转移到另外人手中和在此摆脱开物主的奴役的物件是如此的五花八门一样，那些来此的种族和阶层同样是形形色色各不相同。他们都怀着购买欲和好奇心拥挤在拍卖厅桌子的四周，眼睛由于交易的欲望和神秘的收获的怒火而变得焦躁不宁。在这儿有身穿皮毛大衣、头戴崭新的圆形礼帽的大商贾，坐在他们身边的是脏兮兮的小古董商和塞纳河左岸的旧货商，这些人要用假的东西充实他们的货架；那些投机商和中间贩子在人群中穿来穿去，吵吵嚷嚷，叽叽喳喳；代理人，抬价人，"混混儿"，是这个战场中不可缺少的鬣狗，他们迅急地抓住廉价的东西，或者，当他们看到一位收藏家为渴求得到一件价值非凡的物品时，就相互示意，把价格哄抬上去。甚至一些本人就变成羊皮纸的图书馆学者戴着眼镜在这里像睡意蒙眬的貘一样四周蹒跚；又进来一些色彩艳丽的极乐鸟，打扮入时、珠光宝气的贵夫人，她们事先就已派来仆人，为她们占了拍卖桌前的位置。那些名副其实的行家里手站在一个角落里，目光淡定，安静得像仙鹤一样，他们都是收藏家共济会的成员。所有这群人，他们或是出于生意上的动机，或出于好奇之心，或出于对艺术的热爱，都心怀真正的关切被吸引来此，之外，每一次都有一些偶尔来此仅是猎奇的人，他们来此是为了享受免费提供的火炉取暖，或者为闪闪发亮的喷泉喷吐出的越来越高的数字而感到愉悦。但凡是到此的每一个人，都有一个欲望，收藏、博弈、赚钱、占有，或者取暖，因为别人的激动而自己激动；这种喧嚣嘈杂的人都被归入一个完整的难以想象的总体。但是我却从没有看到也从没有想到我的这位老朋友，这类小偷在这儿出现了。我看到我的朋友怀有一种信心十足的本能潜入进来，现在我立刻就明白了这也是他的一个理想的、甚至是巴黎的一个理想的用武之地，他能大展身手，显示他的高超才艺。因为这里具备了各种必要的要素，并以最奇妙的方式联结在一起。可怕的，几乎难以忍受的拥挤，由于对观望、等待以及对唱价的渴求，绝对能分散人们的注意力。还有第三点：一个拍卖机构，除了是一个竞争的赛车场，几乎是我们今天世界的最后一块场地，在这里一切都必须当场交付现金。这就可以想象到了，在每一个人的口袋里都装有一个鼓得圆圆的钱包。对一只灵活的手而言，这里是施展本事的最好机会，要不就再没有了。或许，我现在理解了，上午的小试牛刀，对我的朋友而言仅只是手指的一次训练而已，但在这里他可是要施展他的绝活了。

现在当他懒洋洋地登上二楼时，我想最好是抓住他的衣袖把他拽回来。上帝保佑，难道你没看见那儿贴的一张布告，上面用英法德三种文字写着："谨防小偷！"吗？你这傻瓜，难道你没看见？他们早就知道在这儿有你们这一类人，在这儿肯定有十几个密探在拥挤的人群中四下窥视，再说，相信我，你今天不会得手的！但是他用冷静的目光扫视了好像早就熟悉的布告，随即这位熟门熟路的行家平静地登上台阶。这是一种战略上的决定，我只能表示赞同。因为在第一层的大厅里拍卖的只是些粗劣的家用物件和家具，箱子和柜橱，一群既没有油水也令人乏味的旧货商在里面吵吵嚷嚷，挤来挤去，这些人或许还保留着农民的良好习惯，把钱袋稳妥地缠在腰上，靠近他们既没有油水，也不是什么好主意。但在二层里，拍卖的却是名贵之物，绘画、首饰、书籍、手稿、宝石，这里的买主毫无疑问都是钱包鼓鼓，且都无忧无虑，优哉游哉。

我费力地跟在我的朋友身后，因为他从大门进来之后就穿来穿去，在各个大厅里进进出出，在每一个大厅里去寻找机会；他就像一个美食家那样耐心，毅力十足地去看一份特殊的菜谱一样去查看张贴的那些广告。最终他选中了第七大厅，这里将拍卖 G. 伊文斯·戴伯爵夫人收藏的中国和日本瓷器。毫无疑问，今天这儿有极具价值的珍品，人群聚集，几乎难以插足，从入口处根本就看不见拍卖台，看到的只是大衣和帽子。也许有二十或三十层人墙，水泄不通，无法看到那张长长的绿色拍卖台。我们站在入口处的位置，从这里恰恰还能看到拍卖人的好笑的动作；他站在高处的台上，手执一柄白色的槌子，像一个乐队指挥一样指挥着整场的拍卖音乐。经过令人畏惧的长时间休止，总是一再地引向一个"Prestissimo"①。可能他像住在梅尼蒙坦或一个郊区某个地方的小职员一样，有两个房间，一个煤气灶，一个留声机——这是他最贵重的财富——在窗前摆放一两盆天竺葵；但这里他站在高雅的听众面前，身穿笔挺的礼服，头发精心地梳理涂油，显然是在愉快地享受难以形容的乐趣，每天在三个小时里用

---

① 意大利语，音乐术语：最快速。——译者

一柄小小的槌子可以把巴黎最最贵重的东西变成钱。面带一个杂技演员做作而熟练的和蔼表情，他开始从左，从右，从台前和大厅的后面，喊出不同的报价："六百、六百一十，六百二十"。这些数字，优雅得像一个彩球一样被掷了出去，元音浑厚圆润，辅音相互牵扯，这同样的数字如升华了似的被掷了回去。这期间他扮演一个陪酒女郎的角色，每当没人出价和数字的旋风停下来时，他就用一种诱人的微笑，警告说"右边的人？左边的人？"，或者他双眉戏剧性地紧皱，用右手举起那柄至关紧要的象牙小槌，威胁地说"我要落槌了"，或者他微然一笑，"先生们，这可不贵呵。"这期间他朝个别的熟人打招呼，对某些出价人狡黠地递送鼓励的眼色；拍卖每一件新的物品时，他都简单和必要地喊出，"第三十三号"，语调开始时是干巴巴的，但随着价格的攀升，他的男高音便越来越有意识地增强了戏剧性。在三个小时之内，在三百或四百人面前，人们都屏住气息贪婪地时而凝视他的嘴唇，时而凝视他手上那柄富有魔力的小槌，这在他肯定是一种享受。他只是偶尔出价后的工具，但却自以是在主宰一切，这种谵妄给了他一种心醉神迷的自我感觉。他像孔雀开屏一样炫耀起他的口才，可丝毫阻止不了我内心的判断：他的全部夸张的表情对我的朋友而言，只不过起着一种必要的转移注意力的作用罢了，就像上午那三只滑稽逗乐的猴子一样。

我的这位大胆朋友暂时还无法利用这位同谋犯的帮助，因为我们还一直无可奈何地站在最后一排，而想从聚集在一起的、暖烘烘和稠密的人群中挤到拍卖台前，我觉得根本就是不可能的。但我又一次看到了，在这种有趣的活动中，我是一个地道的门外汉。我的这位伙伴是一位经验十足的大师能手，他早就知道总是在拍卖槌终于落下的那一瞬间——七千二百六十法郎，男高音欢呼叫起来——密不透风的人墙会蓦地松散开来。那些激动的人头垂了下去，交易者把价格标在目录上，时而有一些好奇者离去，空气瞬时就在挤在一起的人群中间流动起来。他迅即出色地利用了这个时机，低下头像一枚水雷似的挤了进去，一下子就穿过四五层人；而我呢，曾对自己发誓，决不让这个冒失鬼任性而为，突然间他消失不见，只剩下我一个人了。虽然我现在也同样向前挤去，可拍卖又重新开始了，人墙又聚拢在一起，我无助地被卡在挤得密不透风的人群中间，像陷在泥淖中的一辆小车一样。这种炽热的、黏稠的挤压太可怕了，前后左右都是陌生的躯体，陌生的服装，贴得如此之近，连邻近人的一声咳嗽都令我为之一颤。再加上空气令人难以忍受，散发出灰尘、霉气和酸性的味道，特别是汗臭，凡是涉及金钱，这种汗臭无处不在。闷热难挡，我解开了上衣，想掏出我的手帕，可没办法，我被挤压得太紧了。可我，可我不能放弃，我慢慢不断地继续朝前挤去，过了一层，又过了一层。但还是太迟！这身草黄色大衣消失不见了。他一定藏在人群中某个不显眼的地方，没有人会察觉到他存在的危险。只有我一个人知道，我的神经由于一种神秘的恐惧而颤抖，这个可怜的魔鬼今天一定要倒霉的。我每一秒钟都在等时机，有人会喊叫起来：抓小偷！随即会一片混乱，一片嘈杂，他会被人拎了出去，两条胳膊被紧紧地抓住。我无法理解，我为什么会产生这样可怕的念头，他今天，恰恰是今天他一定会失手的。

然而看吧，什么事都没有发生，没有喊叫，没有喧哗；正相反，交谈声、嘈杂声和叽叽喳喳声蓦地都停了下来，一下子变得出奇地安静，这二三百人好像约好似的屏住气息，所有的目光都紧张地望向拍卖人。他后退了一步，在灯光的照耀下，他的额头闪现出一种特别庄严的光辉。这场拍卖的重头戏开始登场了：一只巨大的花瓶，这是中国皇帝在三百年前亲自派使者赠送给法国国王的。在大革命期间，它这一类的东西都以秘密的方式从凡尔赛宫中流入民间。四个身着制服的听差特别谨慎地把这个宝贝物件放到拍卖桌上，圆圆的，白色透亮，上面带有蓝色的条纹。拍卖人庄重地咳嗽一声，喊出了价格："十三万法郎！十三万法郎！"回答这神圣的含有四个零的数字是一片令人敬畏的静寂。没有人敢立即出价，没有人敢说话，甚至仅是移动一下脚步；密集和挤在一起的人群由于敬畏变得目瞪口呆。终于在拍卖台左侧尽头有一个矮小的头发斑白的先生抬起头来，并快速轻声而几乎是窘迫地说出："十三万五千"，拍卖人随即果断地回应："十四万。"

激动人心的游戏开始了：一家美国大拍卖行的代表总是只举出一个手指，就像一个电表一样，跳出的数字立刻就升了五千，坐在另一张桌子尾端的一位大收藏家（有人轻声地在嘟囔出他的名字）的私人秘书有力地用加倍来回应；慢慢地这场拍卖成了两家出价者的对话，他俩相对而坐，可却固执地规避彼此的目光：两人都只把他们的报价朝向拍卖人喊去，而拍卖人显然对此感到惬意。终于在喊到二十六万时，那个美国人不再举出手指了，喊出的这个数字像凝固了的声音空荡荡地悬在空中一样。气氛越来越紧张，拍卖出价人一连四次重复："二十六万……二十六万……"他像一只鹰扑向猎物般地把这个数字高高地掷向高处。随后他等待，紧张地观望，失望地环顾左右（啊，他多么愿意把这场戏继续演下去！）："没有人再出价了？"一片沉默，一片沉默。"没有人再出价了？"这声音几乎近于绝望。沉默开始颤动，没有声音的琴弦。他慢慢地举起槌子。现在三百颗心脏停止跳动……"二十六万法郎一次……第二次……第……"

沉默像一块岩石独自矗立在声息俱无的大厅，人们都屏住呼吸。拍卖员带着几乎是宗教般的庄严把象牙槌高举在人群之上。他再次威胁地说道："落槌了。"没有人应声，没有回答。随后他说出了："第三次。"象牙槌单调而恶意地落了下来。一切都成为过去！二十六万法郎！这小小单调的一击，人墙便摇晃起来，坍塌了，又恢复成一副副活生生的面孔。一切都在激动，在呼吸，在喊叫，在叹息，在窃窃私语。还拥成一团的人群像一个单一的躯体在一股激浪中，在一阵不断的冲击下撞碰起来随即松弛下去。

这种冲击也触及我，可却是一只陌生的胳膊碰到我的胸部。这时有人嘟囔了句："对不起，先生。"我为之一怔。这种声音！噢，这真是令人高兴的奇迹，是他，是那个我没找到的人，是那个我长时间寻找的人，是怎样的一种偶然，恰恰是这种松散的波浪把他推到我的跟前。感谢上帝，现在我又有他了，又是靠得这么近，现在我终于能好好地监护他和保护他了。当然我要避免公开地直视他的面部，而只是从侧面轻轻地瞟着他，但不是窥视他的脸，而是他的两只手，他的作案的工具，可他的双手却消失不见了：不久我就发现，他的大衣的两个袖子紧紧地贴在身上，像一个挨冻的人把手指缩进袖子里面似的，这样一来双手就见不到了。如果现在他要接触一个牺牲品的话，那只能被当作一件柔软的、没有任何危险的衣料的一次偶然的触动罢了；而那只准备行窃的手藏在衣袖里，就像猫爪藏在毛茸茸的脚掌里一样。做得出色极了，我为之惊叹。但谁是他这次行动的对象？我谨慎地向他右边的那个人睃去。那是一个瘦长的先生，衣扣扣得紧紧的，在他前面的是一个宽大的无法下手的后背，这是第二个人；一开始我糊涂了，对这两个人中之一采取行动怎么能得手呢。但当我现在感到我自己的膝盖受到轻微的一撞时，我突然间被一个念头攫住——像是一阵冷雨浸透全身：难道这些准备归终是冲我而来的？归根到底，你这个傻瓜，要对这个大厅里唯一知道你的底细的人动手，我现在要在自己身上来体验你的这门手艺？这是最后和最莫名其妙的一课！真的，这只不可救药的不幸的鸟看来寻找的恰恰是我，恰恰是我，他的思想上的朋友，唯一一个对他的这门营生熟谙得至深至透的朋友！

　　真的，毫无疑问，他是冲我来的，现在我可以不再怀疑了，因为我已经确切地感觉到，身旁的一条胳膊在轻轻地触动我，藏着一只手的衣袖在一寸一寸地靠近我，这大概是准备拥挤的人群在第一波涌动时对我的上衣和背心中间部位快速动手。本来我现在可以用一个小小的动作保护自己，只消转向一侧或把衣扣扣上就确保无虞了；但奇怪的是，我已经完全像被催眠了似的，每块肌肉、每一条神经像是冻僵了一样。就在我激动地等待的当儿，我飞快地思考，我钱包里有多少钱，就在我想到我的钱包时，我感到我胸前的钱包依然还在，平稳且温暖；每当人们想到它时，那每颗牙齿、每个脚趾、每根神经就会立刻变得敏感起来。钱包暂时还在老地方，我准备好了，他可以动手，无须顾虑重重。奇怪的是我根本就不知道，我是要他动手还是不要他动手。我的情感混乱之极，仿佛分成了两半。因为一方面我希望他放开我，这是为他好；另一方面我心怀紧张怕得要死，就像牙医用钻牙机触动病牙最痛部位时一样，我期待他的技艺，我期待他决定性的出击。但他好像要惩罚我的好奇心似的，不慌不忙，毫没有动手的意思。他又停顿下来，靠紧了我，他谨慎地一寸一寸地贴近我；尽管我的思想完全都在关注这种挤迫式的接触，这同时我的另一个思想却完全清清楚楚地听到从拍卖台上那边传来不断升码的报价声："三千七百五十……没有人出价了？三千七百六十……三千七百七十……七百八十……再没有人出价了？再没有人出价了？"随后槌子落了下来。在这成功的一击之后，人群又一次开始松动，就在这一刹那我感到一股波浪朝我涌来。这不是真的触动，而是有点像是一条蛇在爬行，一股滑过身体的哈气，是那么轻，那么快，如果不是我全部的好奇心都处在戒备的状态的话，那我绝对感觉不到；像被偶然刮起的阵风翻起了我的上衣似的，我感觉到，仿佛一只鸟从身边飞过似的轻柔……

我从未想到的蓦然间发生了：我自己的一只手从下面被撞了一下，我在我的上衣下面抓住了一只陌生人的手。我从没有想到过这样一种自卫。这是我的肌肉的一种出人意料的反射动作。出于纯躯体上的自卫本能，我的手机械般地握紧了它。这真可怕，令我自己感到惊讶和害怕的是我的手掌抓住了一只陌生的、冰冷的和颤抖的手，不，这绝不是我的所愿！我无法去描述这一秒钟。突然间抓住一个陌生人的一只冰冷然而却是有生命的手，吓得我发呆变傻。他由于害怕同样变得软瘫。正如我没有力量，没有勇气松开他的手一样，他也没有胆量，没有勇气把手挣脱回去。"四百五十……四百六十……四百七十……"，拍卖人在上面做作般地在叫喊。我还一直抓住那只陌生的、冰冷发颤的小偷的手。"四百八十……四百九十……"还一直没有人注意到我们两个人之间发生的事情，没有人会想到，这儿，处于两个人之间，仅只是在我们两人之间，我们绷紧了的神经在进行这场无名的战役。"五百……五百一十……五百二十……"，数字一直在急遽的上升，"五百三十……五百四十……五百五十……"终于，这整个过程不会超过十秒钟，我又能呼吸了。我半松开那只陌生人的手。它立即抽了回去并在草黄色大衣的衣袖里消失不见了。

"五百六十……五百七十……五百八十……六百……六百一十……"上面的报价声还在继续，继续下去；我俩还一直靠得很近，充满神秘行动的一对共谋犯，两个人都因同样的经历而变得瘫痪了。我还一直觉得他的身体紧挨着我，暖暖的，现在当人群的激动松弛下来时，我发僵的双膝开始颤抖起来，我好像感觉到，这种抖动传到了他的双膝。"六百二十……三十……四十……五十……六十……七十……"，数字越攀越高，而我们还一直站着不动。这个恐怖的冰冷的铁环把我俩连在一起。终于我找到了一种力量，至少是转过头来朝他望去。这同一瞬间，他朝我看来，我直视他的目光。行行好，行行好！别告发我！泪水汪汪的小眼睛像是在乞求，他的被挤压的灵魂中的全部恐惧，所有生物固有的原始恐惧，都从他那圆圆的瞳仁涌出，他的小胡子在惊恐中颤抖。我清楚地看到那双睁大的眼睛，那张面孔在极度惊恐的表情中消失得见不到了。此前我从没有，以后也没有见到一个人会是这样。我感到无比的羞愧，这个人竟如此奴隶般地、狗一般地望向我，好像我握有生杀予夺大权似的。他的这种目光使我感到自己卑贱，我窘迫地把目光又重新移到别处。

但他理解了。他现在知道了，我决不会，永远不会告发他；这使他恢复了元气。轻轻一摆，他的身体离开了我的身体。我感到，他是要永远地摆脱掉我。他先是松动下面挤在一起的双膝，随后我觉得我胳膊上那种粘在一起的温暖离我而去，霎时，我发觉有某种属于我的东西消失了。我身旁的位置已空无一人，我的这位不幸伙伴一下子就腾出了这个地方。我先是感觉到我周围空旷了，但随后的一瞬间我惊恐起来：这个可怜人，他现在怎么办？他可是需要钱啊，为了这紧张的几个小时，我欠他一份情；我，他的伙伴，一个身不由己的伙伴，必须要帮助他呀！我匆忙地随他挤了过去。但是灾难啊！这只不幸的鸟误解了我的善意，他从远处看见我去尾随他，就怕了起来。还在我示意他放心之前，草黄色大衣就飞快地下楼而去，消失在马路上人潮如涌的洪流之中。我的这门功课，出人意料地开始，同样出人意料地结束了。

出　游

含混不清的谣言传遍了整个国家，还有稀奇古怪的议论，仿佛这个时刻就要到了，救世主临近了。耶路撒冷的男人越来越多地来到犹塔斯这个很小很小的地方，聊起发生的种种迹象和奇迹。当三三两两的人聚在一起时，就把他们的声音神秘地压得低低的，谈论那个他们称为主的怪人。人们到处都愿意听到这类传闻，怀着一种畏葸的信赖相信这些话，因为对救世主的思念是迫切的，在人民中间也变得成熟了，如同一朵花要进开花萼一样。一旦人们想到《圣经》中的希望时，就会念出他的名字，一种希冀欢愉的光亮便在他们的目光里燃烧起来。

那时有一个年轻人也生活在这块土地上，他的心是虔诚的，充满着期待。他把从耶路撒冷那条路来的朝拜者请到他的家里，他们告诉他救世主的消息，每当他们谈到他和他作出的奇迹和说出的话，这个年轻人心里便感到一种揪痛，因为他的渴求变得激烈和狂暴，要去亲眼看看救世主的面庞。白天和夜晚他都在梦到他，他永无休止的思念形成了救世主的成千上万副面孔，都充满善和仁慈，但他感到它们只是一幅伟大的完整的圣像前的种种不大像样的摹写罢了。他觉得他年轻灵魂中的不宁和痛苦都在消退，他只允许去承受救世主散射出闪耀的光华。他还不敢离开他赖以生存的故乡和工作，到他的思念告诉他该去的地方去。

但有一次他突然在深夜里从梦中醒来。他无法弄清是怎么回事，是感到幸福还是感到痛苦；他只觉得，仿佛有人在远方向他召唤。他知道了，这是救世主要见他。在一片漆黑里他的决断力还一直在增强，这使他不能再迟疑了，要去见主的面孔，思念的力量是如此强烈和不可征服，他立刻穿上衣服，拿起一根粗壮的出游用的手杖，没有与任何人打招呼，就走出沉睡中的房屋，朝着耶路撒冷的路上走去。

皎洁的月光洒在大路上，他那匆匆的身影在月光中急奔。他的脚步加快了并几乎显得不安；仿佛是他要在这一个夜里把他一个多月的耽搁赶回来似的。一种他几乎不敢说出来的念头令他担心：可能太迟了，他不会再找到救世主了。有时一种深深的恐惧也攫住了他，他会走错了路。但他听到了来自遥远国度的三圣王在他内心显出的奇迹，他们引导一颗明亮之星穿越黑暗。于是烦人的沉重感又远离开了他的灵魂，朝圣者匆忙的脚步在坚硬的小路上发出坚定而信心十足的响声。

他赶了几小时的路，随之天已大亮。雾霭缓缓地消逝，深色的丘陵地带及迤逦的远山和农庄，它们在邀人前去安歇。但他没有停下来，而是毫不减慢地快步向前。太阳慢慢地升了起来，越来越高。这是一个炎热的白日，它沉重地偃卧在大地上。

不久他的脚步缓慢下来。从他的身上落下光亮的汗滴，沉重的节庆装束开始在压迫他。他先是脱下搭在肩上，留着它，穿着破旧的行路。但不久他开始觉得这负担的沉重，他不知道该把这身衣服怎么办好。他不想抛掉它，因为他穷，没有另外的节庆时穿的衣服，于是他想到，在下一个站时把它卖掉或者抵押出去换钱。但是当一个乞丐费力地从路那边走来时，他想到远方的主，就把衣服送给了这个穷人。

有段很短的时间他走得又快了起来，可随后他的脚步重新又变得缓慢了。太阳当空，酷热非常，树的暗影在满是尘土的路上成了窄窄的一个条带。难得有一丝微风穿过干燥的中午闷热，可它却把路上粗粒状的沉重的尘土粘到汗流浃背的躯体上。他觉得这些尘土也在他那干枯的、早就在渴望饮水的嘴唇上燃烧起来。但这周围是山区，一片荒凉，看不到任何地方有清凉甘洌的水井或者一座客舍。

有时他起了念头，他该回头或者至少在树荫下休息几个小时。但是一种一再增长的不安在继续驱使他，向目的地走去，双膝在摇摇晃晃，嘴唇渴求着清泉。

这期间已是中午了。太阳灼热，从片云皆无的天空直射向地面，大路在出游者的便鞋下面燃烧，有如烧成液体的铁砂。他的眼睛被尘土灼得发红肿胀，脚步变得越来越摇摆不定，干燥的舌头使他无法再同经过他身边为数寥寥的游人表达虔诚的问候。力量早已耗尽了，但仿佛意志还独自在驱使他前进，还有那深深的畏惧，怕再见不到那闪烁光华的面庞，正是这面庞使他的梦想变得澄明发亮。那种认为他已接近了救世主，再有两个小时就到了圣城的可笑念头威逼得他头昏脑裂。

他还继续把自己拖到路边的一座房子跟前。他使出最后的一点力气把出游用的多疤节的手杖向门上撞去，用干枯的几乎听不到的声音乞求开门的女人给他一杯水喝，随后他倒在门槛上昏迷过去。

当他重新醒过来时，他又觉得浑身充满了信心和力量。他在一张摆放在阴凉小空地上的床上摊开了四肢躺了下来。身上各处都留下了一只温柔和关切的手的痕迹；他那灼热的身体用醋洗了一遍，并被细心地涂上了油膏；在他的床边还有着一个容器，就是用它恢复了他的精力。

他的第一个念头就是时间，他很快从床上跳了下来，去看看太阳，太阳还高高地挂在高空，正午刚刚过去，他耽误的时间不多。在这时候，那个给他开门的女人走进房中。她还年轻，看外貌像一个叙利亚女人；至少她的眼睛有着这个民族妇女所有的那种深色的野兽般的光泽，她的双手和耳坠表明了所有这个民族女人对装饰特有的孩子似的喜悦。当她向他表示欢迎他到她家来时，她的嘴边露出浅浅的微笑。

他对她的好客表示热烈的感谢，但他不敢立即就说出告别的话，尽管他的心是那么厉害地逼他快点上路。他不情愿地随她进入餐室，她在这里为他准备了饭菜。她用一种表情示意他坐下，随后问他的姓名和他这次旅行的目的地。不久他俩就交谈起来。她开始谈起自己，她是一个罗马军团百人长的妻子，是他把她从她的家乡劫持到这里来的，这儿的生活单调乏味，远离开她的同胞，很少有什么乐趣。今天她的丈夫整天都待在城里，因为城市总督本丢·彼拉多①命令处死三个罪犯。她还非常热心地谈了许多诸如此类的无关紧要的事情，一点没有注意他的不安和不耐烦的表情。有时她用一种特有的微笑的目光望着他，因为他是一个英俊的年轻人。

他先是对一切视而不见，他没有注意她，她的话像毫无意义的声音一样在他耳边滑过。他的整个思想越来越集中到一个念头上：他必须继续赶路，以便今天还能看到救世主。但是他漫不经心喝下去的烈酒使他的四肢乏力和沉重；随着酒足饭饱，一种懒散的舒适感也攫住了他。当

---

① 罗马皇帝提比略在位时任犹太的执政官（公元 26—36），主持对耶稣的审判，并下令将耶稣钉在十字架上。

衰退的意志力在饭后逼使他进行一次无力的尝试去告别时，她指了指下午的令人窒息的炎热，没费多大力气就阻止了他。

他笑着责备他如此匆忙，连很少几个小时都这么吝啬。他已经犹豫了个把月，那就不应当计较这短短的一天。她一再用奇怪的微笑反复表明，只有一个人在家，就是她一个人。说这话的当儿她的目光热望地直刺向他的目光。一种罕有的心慌意乱也袭上他的心头。浓酒唤起了他那呆钝的欲念，在酷热炙人的阳光燃烧中的血液，一种奇怪的冲动在他的血管里跳动。这种冲动越来越不能自持。一次当她把她的脸靠近他的脸，他吮吸到她的头发散发出的诱人的芬芳时，他把她拉向自己，以狂暴的激情吻她。她没有抗拒……

他忘记了他神圣的思念，只想到在他灼热的双臂中搂抱的女人，长长的闷热的夏天的后半天就是这样过去的。

直到晚霞才又把他从陶醉中唤醒。他粗鲁地，几乎是敌意地从她的怀抱中挣脱出来，因为由于一个女人的缘故而耽误了见到救世主的念头使他变得恐惧和粗野。他急急忙忙地拿起衣服，抓起手杖，带着一种沉默的离别表情离开了这座房屋，这是因为他有着一种预感，他不可以向这个女人道谢。

他匆忙不停地直奔向耶路撒冷。夜色下垂，所有的枝干丫叶都震颤不已，像是对充满世界的模糊不清的秘密感到畏惧似的。在城市前方遥远的地方有几朵浓云，它们在晚霞中开始慢慢燃烧起来。当他从天空中看到这种刺眼的迹象时，他的心为一种突然的和无法理解的恐惧而忐忑不安起来。

他不声不响地走完了剩下的路，目的地就在眼前。但他总是在想，他没有忠于他的使命，只顾瞬间的淫乐，他心中郁闷的沉重感，就是在他看到了圣城的明亮的城墙、闪耀的塔楼以及庙宇的耀眼的尖顶时，也没有轻松下来。

只有一次他停下了脚步。靠近城市，在一座低矮的小丘上，他看到了巨大的人群，他们摩肩接踵，熙来攘往，人声鼎沸，他从很远的地方都能听得到。他看到在人群中间矗立着三个十字架，它们漆黑地醒目地在天空显露出来，云层泛起一片明亮的红霞，好像是整个世界被浇注了耀眼的火焰，被浸在这种咄咄逼人的烈火之中似的。士兵的锃亮闪耀的长矛在熊熊燃烧，它们像是沾满鲜血……

一个人从空无一人的路上朝这里走来，他的脚步慌乱，不知所措。他问这个人，这里发生了什么事，可随之他大吃一惊，因为这个抬起头来的陌生人脸上是那样害怕的神情，就像突然受到了一记打击似的，还在问话人镇静过来之前，那个人就气急败坏地狂奔起来，像是有精灵在追赶他似的。他奇怪地朝他喊去，陌生人没有转过头来，而是不停地跑，不停地跑，但这个朝圣者觉得，他像是认出了那是加略的一个名叫犹大·沙里奥特①的人。可他不懂他怎么是那么一副奇怪的表情。

他同样问下一个路过的人。这个人急匆匆的，只是说，那是本丢·彼拉多判决的三个罪犯被钉上了十字架。还在他想继续问他时，他已经走远了。

他独自继续朝耶路撒冷走去。他又一次向小丘抛去一瞥，那儿像被鲜血所笼罩一样，他朝三个被钉在十字架上的人望去。先是右边的、左边的，最后才看到中间的那

———————

① 即出卖耶稣的犹大。

个。但是他无法再认清他的脸。

他漫不经心地从旁边走过，向城市进发，去看救世主的面孔……

两个孤独的人

像一股汹涌的深色的激流，熙熙攘攘的工人穿过大门。在大街上瞬间集聚一起的人群互相道别，匆匆握手，随后分成不同的部分向他们的住处走去，在路上又分散成更小的单位。只有在宽大的通向城市的公路上，人们拥在一起前行，一种多彩的混乱带着一种欢快的响亮的声音，它逐渐减弱成一种低沉的噪声。唯独姑娘们的清脆的笑声像一种明亮的高音一样响彻其中，有如一种银铃声直进入傍晚的寂静，徜徉得很远很远。

　　在这密密匝匝的人群后面相当远的地方有一个工人孤零零地走着。他还不老，很强壮，但是他不能与那些人保持同样的步子，因为他那条瘸腿无法使他快速地行走。远处欢快的声音还在发出回响。他听到了，对这人群发出的嬉闹的声音并不感到痛苦。他的残疾早就使他习惯了孤独，在孤独中他变成了一个沉默寡言的哲学家，以弃世者的冷漠面对生活。

他一瘸一拐地慢步向前。从远处昏暗的田野里涌来不久就要成熟的庄稼的暖洋洋的芳香，冷爽的晚雾也无法遏止它的飘散。远方的笑声消逝了。不时还有一只孤零零的蟋蟀发出唧唧声。除此到处一片寂静，是那种深深悲哀的寂静，在这样的寂静中沉默的思想开始言语了。

突然他谛听起来。他觉得他听到了有人在呜咽。他凝神静听。一切都在沉默，像无梦的睡眠。但在随后的瞬间他又听到呻吟声，更为低沉更充满了痛苦。透过模糊的苍茫的暮色他看到在公路上有一个身影，坐在堆摞起来的铁轨上哭泣。他先是静悄悄地走了过去。但当他走近时，他认出了这个不停呜咽的少女。

她是他在同一工厂的一个女工。每个人都称她是"丑八怪尤拉"，他就是在这时候认识她的。她的丑陋是那样惹人注目，他们给她登记上这个她早在孩提时代就有的名字。她的脸粗糙，不成规矩，皮肤的颜色是一种脏兮兮的黄色，那样污浊不堪，令人厌恶。再加上体型是那样显眼的不协调，孩子般孱弱和消瘦的上身，长着一个宽大和有些弯曲的臀部。唯一漂亮的是她那双安详和熠熠闪光的眼睛，它们把所有的轻蔑和憎恶的目光当作温柔的顺从再次映射出来。

为了不受怜悯地继续生活下去，他本人业已承受了过多的秘密痛苦。他走近她，把手善意地放到她的肩膀上。

她吃了一惊，像是从梦中醒来。

"放开我！"

她不知道是在同谁说话，只是由她的狂暴的痛苦而嘶叫起来。现在她认出了这个陌生人，变得安静下来。她注意过他，因为他是厂里从没有嘲笑她的少数人中的一个。她喃喃地推开他。

"放开我！这是我自个儿的事！"

他什么也没有回答；而是坐在她的身边。她的啜泣变得越来越急促和抽搐起来。他安慰她说：

"不要这样尤拉！哭不会有用处的。"

她沉默下来。他小心地问道："他们又欺负你了？"

这个问题又触到她的痛处。血一下子涌到面颊，她的话急促忙乱，充满了怒气：

"在周末，在我们回家的时候，他们在谈论明天的星期天。他们要到乡下，到村里去。有一个人建议，这立刻得到大家赞同。在有人数一数有多少人去时，我蠢极了，也报了名。所有人都笑了起来，他们恶言恶语，他们挖苦嘲笑，还从没有这样狠毒，直到我发起火来。我不知道我是怎么了，我失去耐性，就对他们说了些他们认为是下流人说的话。于是他们——就——把我——打了一顿……"

她又剧烈地啜泣起来。他陷入极度的激动，感到有必要对这个可怜的姑娘说几句话，于是他开始讲起他本人的苦恼。

"尤拉，不要这样恼火。明天你一个人到田野里去。还会有一些另外的人，星期天不能一同去的。那些人一次也不能单独外出，因为他们的双脚几乎无法从工厂走到城里。他们的生活也不轻松，总是一瘸一拐的，此外还孤零零的，因为同他们在一起走使另外一些人感到无聊——你不要为此生气，尤拉！不要为这么一两个家伙生气！"

她急促地回答他。她不想减缓她的痛苦，她不愿放弃每个受侮辱人感受到的那种殉难者的快乐。

"不是他们，那些伤害我的人；是所有的一切，是整个生活。有时，当我想起自己时，我就厌恶自己。我为什么这么丑陋？这太不公平了。可我整个一生都在承受。早在是个孩子时我就感到他们在嘲笑我。我从不想与其他孩子一起玩耍，因为我怕他们，因为我嫉妒他们！"

他震颤地听她讲，她对他袒露了如此多的痛苦，他完全能够理解。因为这由成千上万小时积贮起来的痛苦，他原认为早已死寂了，现在又都从他的睡眠中苏醒起来，他早就忘记了，他是来这里安慰她的。完全不由自主地他也讲起了他的遭际，因为他找到了能理解他的人。他轻声地说：

"也有一个人，他想与其他人一起玩耍，但是他不能。每当他们狂跑乱跳，他总是吃力地一瘸一拐地跟在后面，老是落在后面。其他人嘲笑他。他总是听之任之，傻里傻气的。比起你来，他也许更糟，你毕竟有健康的腿啊，整个世界属于这样的人哪！"

她内心激动得越来越厉害。她感觉到她生活中的痛苦从深处在碎成破片。

"没有一个像我这样命苦。我从没有看到母亲。没有人对我说过一句好话。当每个姑娘同她们的情人在一起时，我是孤零零的一个人。这同时我还感到，事情会永远如此，也必然是永远如此，若是人们像所有其他人一样都这样想的话。我的上帝，我真想知道，为什么会是这样！"

他俩从没有对人讲述过的，也几乎自己都没有供认过的，这两个还几乎是陌生的人彼此都袒露了出来。每一声呐喊都在他们的灵魂中得到了回响，因为两个人在痛苦上是相亲共感的。他告诉她，他还从没有过一个爱人，因为他不能向任何一个姑娘提出来，他有着一只残疾的脚，因为没有人愿意与他那样慢腾腾地在一起行走，他只能把他每周的工资掷给那些肮脏的妓女，他日甚一日地觉得悲哀和厌倦生活。

有越来越近的脚步声打断了他俩的充满痛苦的自白。有几个人经过身前，他们的身影隐约可见，模糊不清，认不出来。当他们走了过去时，他立起身来，简单而乞求地对她说："走吧！"

她同他一起上路。天色已完全变得昏暗了。他无法再看清她的面孔，而她根本没有察觉到，在她的痛苦缓缓消失之中她在迎合着他的脚步。两个人就这样慢慢地一起走着。一种模糊不清的相互理解的情感像一种天国的快乐飘临到两个孤独者的上空。他们的交谈变得越来越亲切和细声，必须完全靠在一起才能听得清楚。

突然她察觉到一种深沉的幸福感，他用他的手以一种温馨的，轻轻触摸的柔情搂起她那宽大的显得畸形的臀部……

一个不能忘记的人

一个人在人生的两桩最困难的事情上使我受到了教育：为了完全的内在的自由不屈从于世上最强大的力量，金钱的力量；另一桩是生活在人们中间使所有人都成为朋友，连一个敌人都没有。我要是忘记这样一个人，那就是忘恩负义。

我是在一个完全平常的情况下认识了这个极为独特的人的。那时我住在一座小城里，一天下午我带着我的那只西班牙狗去散步。突然狗显得极度不安，它在地上翻滚，在树上蹭痒，同时不断地狂叫和发出呼噜的声音。

还非常奇怪的是，就在狗反常的当儿，我发现有人正经过我的身边，是个差不多三十岁的男人，他衣着褴褛，没有领子，没戴帽子。一个乞丐，我想并准备从口袋里掏出小钱。可这个陌生人非常安闲地朝我微笑，用他的两只清澈的蓝色眼睛望着我，像是一个老熟人。

"这只可怜的动物有些不舒服，"他说并用手指着狗，"你到这儿来，我们马上会弄好的。"

他用"你"来称呼我，仿佛我们是好朋友似的；从他的气质中流露出的这样一种热心的友情，使我根本不能对这种亲切表示拒绝。我随他走到一条长凳，坐在他旁边。他用一声尖厉的口哨来召唤狗。

于是怪得出奇的事情就发生了：我的这只向来对生人极为不友好的卡斯巴尔竟跑过来，顺从地把头伏在陌生人的膝上。他开始用他那长长的敏感的手指检查狗的皮肤。终于他发出了一声满意的"啊哈"，随即进行了一种看来是非常痛苦的手术，因为我的卡斯巴尔多次狂叫了起来，可即使如此它并没有跑开的样子。突然这个人把狗放开，让它又自由了。

"好了，"他笑着说道，把个什么东西捏在手上举了起来，"可爱的小狗，你现在又能跳了。"狗跑开了，这当儿陌生人立起身来，说了声再见，点了点头就又走自己的路了。他这样匆忙地离去，我都没有来得及想给他点什么作为对他的回报，更谈不到去表示我的感谢了。他出现时带着一种笃定的自信，他消失时也同样如此。

回到了家，我还一直在想这个男人的奇怪举动，把这次邂逅告诉给我的厨娘。

"这是安东，"她说，"他对这类事情可在行了。"

我问她，这个人是什么职业，他做什么来维持生活。

好像我的问题多么离谱似的，她回答说："根本没有。一种职业？他要职业干什么？"

"唉，就算是吧，"我说，"但每一个人毕竟得做某种工作来养活自己吧？"

"可安东不是，"她说，"每个人都给他所需要的。钱对他毫无所谓，他根本不需要钱。"

每一块面包和每一杯啤酒人们都必须付钱的，必须为他的住处和他的服装付钱的。这样一个衣着破旧的不起眼的人怎么能绕开这个牢不可破的法则而无忧无虑地生活？

我决定去探索这个人所作所为的秘密，不久就证实了我的厨娘说的完全是对的。这个安东真的没有固定的职业。他优哉游哉，从早到晚在城里游荡，看来毫无目的，但却用一双警醒的眼睛观察一切。他拦住一辆车的车夫，让他注意他的马的挽具松了。我看他发现了一个篱笆里的一根柱已经烂了，于是他就去喊主人，建议他把篱笆加牢。多半情况人们就委托他来做这项工作，因为大家都知道，他从来不是出于贪心才给人出主意的，而是出于真正的善意。

我看到他给多少人帮过忙啊！有一次我看到他在一个鞋店里修补鞋，另一次是在一家公司里当临时服务工，还有一次是在领孩子们散步。我发现，所有的人都是困难的时候去找他帮忙。真的，有一天我看到他坐在市集的女小贩们中间叫卖苹果，原来是摊位的女主人在坐月子，她请他来代替她。

在所有的城市里，有许多人什么工作都能做，这是肯定的。但安东的独特之处是不管工作多么劳累，他总是坚持拒绝多拿一分钱，够一天生活的就行了。若是这天他恰巧日子过得去，那他根本就不要报酬。

"我会再次来找您的，"他说，"若是我真的需要什么的话。"

不久我就清楚了，这位奇怪的小个子男人，尽管他工作热情，衣衫褴褛，他为自己找到了一个完全新的经济来源。与其把钱存在储蓄所，他宁愿在他的周围世界里放进一笔道义存款。在所谓无形的信贷上他积蓄了一笔小小的财富。甚至那些极端冷酷的人面对一个心甘情愿为他们服务且不索取报酬的人也不能无动于衷。

只需在大街上见到安东就能看出人们是以什么样特殊的方式敬重他。各个地方都亲切地向他致意,每个人都向他伸出手来。这个平凡的正直的人穿着破旧的衣服在城市穿行就像一个慷慨大方和蔼可亲的地产占有者一样在看管他的财产。所有的大门都朝他敞开,他可以在任何一条凳旁坐下来,一切都供他支配。我从来没有如此清楚地理解,一个不为明天担忧,而只简单地信赖上帝的人能有这样的力量。

我必须老实地承认,在安东那次与我的狗打交道的事之后,每当在路上他经过我身边只是轻轻地点下头向我致意时,在他眼里仿佛我是随便某个陌生人一样,开头这使我感到恼火。显然他不希望为这件小事受人感谢,可这种客气的无拘无束的态度却使我觉得自己被排除在一种伟大的和亲密的团体之外。于是当我的房子要进行修理时——屋檐水槽滴水——我就让我的厨娘去叫安东。"他这个人不能随便去叫的。他从不长时间待在同一个地方。但我能把消息告诉他。"她这样回答说。

我知道了，这个奇怪的人根本就没有住处。尽管如此，再没有比找他更容易的了，仿佛他有一种无绳电话与每个城市联在一起似的。人们只消对他遇到的第一个人说："我现在需要安东。"于是这个消息就会一个人一个人传下去，直到某个人偶然碰到他为止。事实上他就在同一天下午到我这儿来了。他用审视的目光环顾四周，在穿越花园时说，这儿得加一道树篱笆，那儿需移植一棵小树。最后他仔细地检查了下屋檐水槽，就开始工作。

　　两个小时后，他说修好了，随即走掉——又是在我向他道谢之前。但这次我至少委托我的厨娘郑重其事地付给他钱。我问她，安东是否满意。

　　"当然啰，"她回答说，"他从来都是满意的。我要给他六个先令，但他只拿了两个，这就够他今明两天用的了。但是，如果博士先生或许有一件多余的旧大衣能给他的话——他说。"

　　我很难描述我的喜悦之情，能去满足这样一个人的愿望，在我熟悉的人中他是第一个奉献得多索取得少的人。我急忙尾追他去。

　　"安东，安东，"我朝下坡喊道，"我有一件大衣给你！"

我的眼睛又看到了他那明亮安详的目光。他对我跟在他的后面跑来一点也不感到惊奇。在他看来，一个人把他多余的一件大衣送给另一个极为需要的人，是再自然不过的事情了。

我的厨娘翻找我的那些旧衣服。安东看了看，从一堆里拿出一件大衣，试了试，随即非常平静地说："这件我穿着合适！"

说这句话时，他带着一种主人的表情，有点像在一家商店从陈列的货物里挑选自己需要的那样。随后他对其他的衣服又投去了一瞥。

"你可以把这双鞋送给住在萨尔泽巷的弗里茨，他太需要了！那些衬衣给正阳大街的约瑟夫，它们对他有用处。若是你认为合适的话，我替你把这些东西带去。"

他是用一个人向另一个人表示一种自然而然的善意所带有的慷慨大度的语气说这番话的。我感到我必须为此感谢他，他把我的这些衣服分配给了那些我根本不可能认识的人。他把鞋和衬衣包了起来并补充说道：

"你真的是一位高尚的人，这些东西就这样送掉了！"

他走掉了。

可事实上，我写的那些书得到称赞的评论从来没有像这句朴素无华的话使我如此兴高采烈。在此后的年代我还一直怀着感激之情想到安东，因为几乎没有一个人在道德上给予我如此多的帮助。每当我锱铢必较时，我就经常忆起这个人，他生活得无忧无虑自由自在，因为他从不要求更多，够一天用的足矣。这总是引我去做同样的思想：如果世界彼此信赖的话，那就不会有警察，不会有法庭，不会有监狱和……不会有金钱。若是所有的人都像这个人一样生活，总是全力投入而只取其所需，那我们的复杂的经济生活不也该做些改进吗？

多年来我再也没有听到安东的消息。但是我几乎能向任何人表明，我对此毫不担心：他从不会被上帝抛弃，并且，更为少有的是，也从不会被人们抛弃。